揉碎江南烟水

历史的重释

秦兆基 著

苏州大学出版社
Soochow University Press

图书在版编目(CIP)数据

揉碎江南烟水:历史的重释/秦兆基著.—苏州:苏州大学出版社,2017.3
(博雅文丛)
ISBN 978-7-5672-1953-3

Ⅰ.①揉… Ⅱ.①秦… Ⅲ.①散文诗-诗集-中国-当代 Ⅳ.①I227

中国版本图书馆 CIP 数据核字(2017)第 024684 号

书　　名:	揉碎江南烟水
	——历史的重释
著　　者:	秦兆基
策　　划:	刘　海
责任编辑:	刘　海
装帧设计:	吴　钰
出版发行:	苏州大学出版社(Soochow University Press)
出 品 人:	张建初
社　　址:	苏州市十梓街1号　邮编:215006
印　　刷:	苏州工业园区美柯乐制版印务有限责任公司
网　　址:	www.sudapress.com　QQ:64826224
E-mail ：	Liuwang@suda.edu.cn
邮购热线:	0512-67480030
销售热线:	0512-65225020
开　　本:	700 mm×1 000 mm　1/16　印张:12.25　字数:165千
版　　次:	2017年3月第1版
印　　次:	2017年3月第1次印刷
书　　号:	ISBN 978-7-5672-1953-3
定　　价:	30.00元

凡购本社图书发现印装错误,请与本社联系调换。服务热线:0512-65225020

序

王志清

一

秦兆基先生的散文诗集即将付梓,要我为序。

我极少给人写序,也怕给人写序。说假话自己过不去,说真话作者过不去。且序书分散我精力,需得暂时走出盛唐来。

然而,秦先生非常坚持,用他的话说就是:"非君莫属。"

怎么就是"非君莫属"的呢?思来想去,还真有些道理:

一则,我与秦先生相知甚深。我们已有二十多年的交往了,虽然见面次数不多,然沟通却是经常的,也是非常愉快的。我们对文坛很多问题的看法,包括对一些作家、作品的看法,大多所见略同。我最佩服的是秦先生越老思想越活跃,看问题也越深刻,且笔耕不辍而不断有新作推出。

二则,秦先生待我不薄。二十年前,我学步散文诗,他便热情鼓励,在《唯实》上发表评论文章;不久,我有散文诗集出版,他写了万言评论为我壮行。以后我每有新著出版,几乎都有他的评论,发表于《文艺报》《东方丛刊》等报刊,给我很大的鼓励与鞭策,我在散文诗上还有点信心,其中有不少是秦先生给的。

三则,我也写点散文诗与散文诗理论。我在散文诗上的自我定位是"票友"。自染指散文诗以来,我在散文诗上似也有了点小"影响",

主要反映在我的那些所谓散文诗理论上。这些理论文字,虽是些被推着走的写作,但毕竟还评论过一些作家作品,其中为耿林莽先生写的最多,然却没有为秦先生的散文诗写点什么。

看来我还真需要在秦老的散文诗集出版前写一些祝贺和推介的话了。

二

秦兆基先生是当代散文诗的一大功臣,虽然他没有拿到鲁迅奖。

当下之序,多有美言过度之弊。我之此言不虚,一点也不过分。

秦兆基先生也偶尔写点散文诗,然而,其影响与贡献却主要在散文诗理论上。他早就投入散文诗理论研究,且长期关注,不断推出新著,如《现当代抒情散文诗选讲》《散文诗写作》《中外散文诗经典作品评赏》《永久的询探》《错失沧海》等。

尤其令我感动不已的是,他提挈青年作者的热情长年不减,为他们写评作序,有求必应。这个工作当下做得最好的几个中,一是耿林莽,第二就是秦兆基了。

我觉得这种事情很费工夫,有时候也叫他"悠着点",他却往往是淡然一笑说:"人家求上门来的,总不能拒人于千里之外吧。"香港著名诗人文榕(《橄榄叶》主编)有散文诗集要出版,希望我给序书。我毫不犹豫地对她说:"找秦兆基!秦先生最合适为您序书。"

秦先生其实不仅是个快枪手,而且是个多面手,文字功底好,知识面宽,尤擅汲取新的理论而化用活用,故而,他的文章有学术厚度,也有思想锋芒。这些年来,他新出的《苏州记忆》《文学苏州》《红楼流韵》《范仲淹》《走向教育源头》《诗的言说》等文史教育类的著作,都取得了颇好的社会效果。

他还在国内外的一些文学刊物上发表了不少散文诗。

以散文诗的题材而言,窃以为,秦先生非常适合写历史题材。

三

  我一直以为,散文诗是思想的诗,是用诗来思想的,是诗的思想。就是将思想诗化,感性化,形象化。

  我也一直以为,当下散文诗最缺失的就是思想。

  然而,当下散文诗,最轻忽的也算思想,即不在思想上淬炼磨砺。

  秦兆基先生是个很有思想的作家,有他的那些著述为证。他也是个善于表现思想的作家,也以他的这部《揉碎江南烟水——历史的重释》为证。

  以历史题材做散文诗,而对这种题材的处理,秦先生正可谓扬己之长矣。

  不是所有的人都会遭遇历史的沉重,可历史的缄默却一定要有人来负担。秦兆基先生轻松地驾驭历史,而沉重地驱策思想。

  秦先生新出版的这本散文诗集,全书五十一章,每章长短不一,长则两千余言,短则五六百字。秦先生精选了五十一个古人,帝王将相,文臣武将,诗星艺匠,哲人画家,一个个皆与苏州有关,一个个都是一部传奇。而这五十一章散文诗,编织成一部苏州的人文历史,也筑成一座群星璀璨的古贤画廊。

  钱钟书在《管锥篇》中说:"史家追叙真人实事,每须遥体人情,悬想事势,设身局中,潜心腔内,忖之度之,以揣以摩,庶几入情入理,盖与小说院本之臆造人物,虚构境地,不尽同而可相通,记言特其一端。"[①]秦先生长年沉浸于苏州深厚的历史积淀里,以精神抚摸,以情感浇灌,与古人炯炯双眸相遇,与民族魂以文化对话。这让我想起了谭元春《诗归序》中的一段名言:"夫真有性灵之言,常浮出纸上,决不与众言伍;而自出眼光之人,专其力,一其思,以达于古人,觉古人亦有炯炯双眸从纸上还瞩人,想亦非苟然而已。"

---

① 钱锺书:《管锥篇》,中华书局1979年版,第166页。

而何以才有"真性灵之言"？何以才能"不与时俗为伍"？尼采说："只有从现在的最高力量的立场出发，你才有可能解释过去。"秦先生以此名言作为书的题记，也透泄出他的写作意图与构思侧重。这种审美观照与创作自觉，也使秦先生具有了不俗的站位与高度。

四

清杭世骏《李太白集辑注序》云："作者不易，笺疏家尤难，何也？作者以才为主，而辅之以学。兴到笔随，第抽其平日之腹笥，而纵横曼衍以极其所至，不必沾沾獭祭也。为之笺与疏者，必语语核其指归，而意象乃明；必字字还其根据，而证佐乃确。才不必言，夫必有什倍于作者之卷轴，而后可以从事焉。空陋者固不足以与乎此，粗疏者尤未可以轻试也。"此论是说笺注难，而我虽不是为秦著笺注，但是，要能够深入解读且精准到位，那也是件非常不容易的事情，让我视为畏途而类比于笺注家的工作。

秦先生一会儿置身于五千年历史而际会风云，一会儿高踞于时代制高点而纵横推演；一会儿作为历史裁判而评说功罪，一会儿判若古人而同此悲欢；一会儿侧面切入而机智聚焦，一会儿正面开展而深沉叙说。笔者沉浸于秦先生所创设的各色形态的意境中而倾听其风生议论，实难把捉住他的精神脉象，也不想作一一解说的笨功夫。

秦先生在接受箫风的采访中说：

散文诗整体结构的经营，是散文诗作由创作主体的内部语言转化为外部语言（文字），进入表述过程的第一步。常常是决定创作成功与否的一步。结构艺术是外在的，有形迹可寻。我从一些散文诗作品中概括出常用的四种类型：一是正面展开和侧面或反面切入；二是因流探源和由枝振叶；三是平行放射和叠加层进；四是即兴感悟和短章组联。结构方式还不止这些，比如还有意识流方式等。散文诗写作，选用哪种模式去组织题材，要根据自己的写作习惯和表达需要。古人云："文无定法,文成法立。定体则无,大体则有。"散文诗结构经营亦当作如是观。①

散文诗的结构是非常重要的,甚至可以说结构决定了一首散文诗的成败与优劣。秦先生在谈到散文诗的结构时做出了这样的总结。这里关于结构的几种类型,也在他自己的散文诗创作里得以具体的表现,我不想具体做一一的对应,让读者运用自己的脑髓欣赏与评判吧。

序,充其量也只是一种导读也。

五

叶维廉在《中国诗学》中谈诗歌创作时说:"事实上一个很宏伟的思想往往因为找不到适当的文字而无法落实,这种例子太多了。"②此论说的是语言的重要性。我曾经写过一篇文章,叫作《散文诗:语言决定命运》③。我认为,当下散文诗创作同质化的问题突出,经典缺席,重要原因出在语言上。散文诗这种不具诗形的诗,似乎比诗更加需要重视其语言的诗性活力的培养。在这种意义上可以说,语言决定了散文诗的文体命运。

我在拙著《散文诗美学》中也指出:"从散文诗的语言审美看,散文诗应该有自己的语言抒情体系,应该有属于散文诗基本特质的语言的规定性。"

我是非常看重语言的,无论是创作还是理论。因此,我最想就教于秦先生的,或最希望与他老探讨的也是语言,是此著中的语言。

美国当代著名历史学家海登·怀特也认为:每一部历史文本的表层下面,存在着一个"从本质上说是诗性的,而且具有语言的特性"的

---

① 箫风:《散文诗研究要关注现实——秦兆基访谈录》,原载《文学报·散文诗研究》,2013年1月17日。
② 叶维廉:《中国诗学》,三联书店1992年版,第226页。
③ 王志清:《散文诗:语言决定命运》,《文学报》,2015年4月30日。

潜在深层结构。① 所谓历史是"诗性"的,是说历史从根本上来说不能脱离想象这个动因;而所谓历史"具有语言的特性",是说其本质上还是一种语言的阐释,带有一切语言构成物所共有的虚构性。他甚至认为,历史学家也是故事的编造者,他们是在用史事编故事。因此,历史在本质上作为一种虚构的语言,与小说没有什么差别。秦先生深谙其道,其历史话语通过情节设置、视角转换、技巧安排等策略来进行文本叙述和阐述。秦先生作品中的语言已非一般性意义的"词汇",不是以再现为主,而尽可能地弱化了语言的写实性,而强化语言的表现性,加大了语言的情感含量与美感因素,成为诗性的语言。

以秦先生的此著而具体来说,诗性语言的,譬如《张旭暮秋》(全篇):

秋天,曛黄的太阳,没有太多的气力,洒落在古老宅第的方砖上。

张旭,转了一个大圈,顶戴着金吾长史的官衔,回到了故里。

西北风尘寥落,中原烽火连绵,昔日交往的亲朋、酒友,不知散落到哪里去了。鉴湖的贺知章,比自己还要老的老头,怕早已成为古人?山东李白还有"笔落惊鬼神"的佳句否?赋就《酒中八仙歌》的少陵野老杜甫,当年还是年轻人,如今飘零到何方?

"张旭三杯草书圣,脱帽露顶王公前,挥毫落纸如云烟。"解下了峨冠博带,不用摧眉折腰,从容地放浪形骸,诗狂,酒狂,书更狂。

几案,铺就的纸,墨海,研好的徽墨,笔架山,悬挂的湖笔,像待发的三军,等着主帅的号令。三杯,只要三杯,一切就会催动。

长安酒楼,公子王孙、墨客骚人、酒徒豪客、胡姬美女,慕名而来竭诚学艺的,想要一瞻大师风采的,只想看热闹的,远远地拢着,围成弧形。

弟子颜真卿送上蘸饱墨汁的笔,张旭如癫如狂,挥洒,挥洒……线条,飞动着,跳跃着,蛰伏着,奔走着,呼喊着,狂歌着,郁闷着,沉思着,放声大笑着,号啕大哭着。那不是字,是诗,是文章。不要把它看成是

---

① 王治珂:《后现代主义辞典》,中央编译出版社 2004 年版,第308 页。

信息的载体,它就是信息本身。不需要费心思去辨认,去想,去猜,那线条就会告诉你,书家的人生际遇:千里寄官的乡情,浮生如梦的旷达,添香红袖的缠绵,功名无望的惆怅。字幅就是诗人的精神本传。

掷笔而起,疾走,狂叫,心中无可名状的悲苦不是这支笔所能传达的,就像是上阵的将军找不到称手的武器,环顾茫然。将自己化身为笔吧,散开盘在头顶的黑发,揪住了,用头发当作笔锋,身躯当作笔杆,头颅配合手腕转动,与公主争道的担夫桀骜不驯、暗拳弄掌的姿态,公孙大娘舞动剑器、兔起鹘落的风韵,从心中流到纸上。"书"成泣风雨,成就了书史上的绝世华章。

再现一次风华,在生命的暮秋。笔、纸、墨、酒,一应俱全,自己的儿孙、吴郡的乡绅。可是没有旧友,两度随着自己学艺的门徒颜真卿,如今何在?

三杯酒下去,书兴不来,张旭茫茫然。大唐老了,我老了,难道书艺也老了?

也以此著观,非诗性语言的,譬如《最会搞笑的太守——喜剧人物朱买臣》是这样开篇的:

一次开放性、研究性的教学活动——请学生从古代苏州的地方长官中,推选出泽被后世、至今最有影响力的一位。

经过了一番策划,学子们网上搜索,跑图书馆、名人馆查资料,耗时经月,一篇篇洋洋洒洒的论文,打造出来了。涉及的无非是文采风流、兴建山塘长堤的白居易,治水兴学、"雅化"苏州人文化基因的范仲淹,状元宰相、行为世范的文天祥,清廉自守、断案如神的况钟,还有以诗名世的韦应物、刘禹锡等等。却偏偏有几个逆向思维的学生推出了汉代太守朱买臣。在一番质疑之后,他们表示要在大家面前详述己见。

他们提出评最有影响的政要得先定标准。拟议的标准有两点:第一,现今的影响力最大,亦即文化内涵最丰富的。第二,与政治、道德标准脱钩,不要空谈什么历史贡献。大家觉得言之成理,于是原则上达成一致。

主讲者推荐朱买臣为有第一影响力的苏州政要的理由如次:(其一、其二略)

笔者随意拈出两则例子,然却代表了两种语言倾向,一为表现性语言,一为再现性语言。前者是表现性语言,这种语言超越了对于客观世界的一般性描绘,而形成意义饱满的审美喻象,根据诗人的情感指向而演绎微妙玄密的历史剧情,表现宏阔的情感事件,具有丰赡而深刻的内在意蕴,具有散文诗语言所特有的深度质感;而后者是再现性语言,平实自然,口语写实,属于一般性的书写语言,缺乏作家的匠心经营,而尚未形成新质意象,尚未形成诗化的艺术外化象征,似乎不属于形象生动、个性鲜活的文学语言。

而秦先生的后类语言,似乎也影响了其散文诗的艺术纯净度。说得直白点就是,此著在语言上尚可多些锻炼。上文所举二例,前者全篇700余言,后者全篇的字数则是前者的双倍。在外在形态上,表现性语言似乎就凝练些,而再现性语言似乎就拖沓点。我不是信奉柯蓝先生每篇控制在三五百字内的戒律,而是觉得,语言的提纯与凝练,关系到对题材的消化,是散文诗创作中至关重要的问题,不仅决定了形象性的强弱,也决定了情感与思想含量的轻重。散文诗的语言,是散文诗作家情感内转的语言表现。散文诗作家最重要的任务就是通过提纯与凝练让语言发生形态变异,强化其喻指暗示,出成诗性所特有的饱满弹性,具有真正诗才有的丰富性和不确定性,是一种形象,一种诗人的灵感,一种诗性的活性载体。

这是我个人的好恶,未必正确,不能强加给秦先生,更不能说"后者"语言就是秦先生散文诗的不足。许是秦先生以自然为上,表现其自然质朴的美学崇尚与追求。然而,我还是以为,诗的语言毕竟不同于散文白话,需要语言修辞,需要字字咀含而出,其最突出的要素是隽永。关于这一点,秦先生一定是与我有同见的。

六

秦先生逼我就范,要我为序,其实完全是善意抬举我也。

然而,于我看来,这分明是给我出了一道难题,让我非常吃力地解读一个作家的心灵密码。

秦先生在《"梦"的诗意阐释——祈梦、留梦与造梦:张岱》章里,写他是如何走向张岱的:

从"梦"的隧道走向你,将你的"梦忆"打造成驰道,驾着"梦"的马车,时而优游,时而顾还,时而驰骋。

……

顺着"梦"的驿道,以风为马,穿越三百多年的时空港奔向你,在"梦寻"建成的场圃里,把臂而行,指点湖上河山。

……

沿着"梦"的栈桥,一步步走进"梦"的家园,在陋室里,见到白发萧然的你。

……

这就是秦先生的走向,这就是秦先生走向的途径与过程,形成了一种立体多维的走向。

《揉碎江南烟水——历史的重释》的正标题与副标题,都表达了同一个意思,不是照搬历史,不是重录历史,更不是当下时髦戏说与媚俗虚构的历史。而这种历史,在于对历史时空的"揉碎",在于对历史场景的在场性的"重释"。而对历史题材的处理,非常容易陷入历史观与价值观的矛盾之中,甚至认为是历史进步与道德进步的二律背反。"历史观与价值观是统一的。……无论是黑格尔,还是马克思恩格斯,都认为恶是历史发展的动力的表现形式,而不是历史发展的动力本身。"①秦先生重释历史,即是试图以高度的唯物史观与自觉的道德批判精神,来解读、评判、演绎历史,而使历史成为一种折射出人文精神与时代风云的历史。

因此,《揉碎江南烟水——历史的重释》中的历史,抑或也是一部诗人的精神史,是作家的文艺思想史。

我从秦先生所建构的意象与场景里而走向历史,走向古贤,也走向了他。

那是怎样的一种精神与情感的跋涉啊！我走进了秦兆基的作品吗？也许南辕北辙而走向了歧途。

我总忐忑地感到,我没有读懂秦兆基,没有读懂《揉碎江南烟水——历史的重释》,甚至读歪了,误读了。虽我情知秦先生能够海涵,但毕竟我自己过意不去。

唯以此就教于秦先生,也就教于读者了。

如此而已。

丙申寒露,于三养斋

---

① 熊元义:《文艺理论终结与文艺理论自觉》,《武陵学刊》,2014(1)。

小　引

"烟笼寒水月笼沙",曲尽了水质江南的形神。尽管九月高秋,明月朗照,但仍是氤氲世界的迷茫,秦淮水,淡淡的水汽升腾着;秦楼月,挥洒在沙岸上,这是六朝豪华,十代春秋季世的投影。

月上柳稍,水阁、河房之中,红牙檀板应和着咿呀的管弦,《玉树》《后庭》低吟轻唱,被称为商女的,不过是为了几尺红绡、几两缠头银子而已。歌者该有李香君、柳如是,听者也会有侯方域、陈子龙吧!

何必苛求于他的子民?吊诡的造物主。人们会有各式各样的活法,也应品尝生活的不同况味:严肃的、轻松的,本色的、乔饰的,凛然大义的、草间苟活的,心与物游的、固守经义的……不然怎会成就绚烂多彩的史章。

月照东墙,月痕移动,记下了曾经的过去,那是宇宙的记忆痕。逝去的时光连同所发生的一切,化成了永恒,留存金石——阴山崖画、汉墓石刻、司母戊鼎之上;留存竹帛——竹书纪年、流沙坠简、长沙帛画之内;留存纸本——正史野史、方志家谱、小说笔记之中。六经皆史,齐东野语皆史,一切集体的意识和无意识皆史,人只能活在巨大的历史留存之中,历史也是永远的现实。

月色阑珊,三星在户。曾经照过古人的今时月,能否告诉我关于彼时的种种,给予我的灵魂以启示?

月无言,我亦无言。只能从历史的隙缝之中,捡出自己感兴趣的一些,用个我的心解,渲染成文字,奢侈点说,就是散文诗,再现或许曾经有、实在有,或许未必有、未曾有的现场,以纪念从开辟鸿蒙到海禁大开的岁月里,在江南这方土地上留居、经营、小住、涉足、奔驰过的人物:帝王将相、才子佳人、医卜星相、艺林才俊、学人大师、婉娈女子、卖浆引车之徒。

寥寥五十一章,构不成长卷,但不连续的断片,也许会引发更多的联想。是吗,我的朋友?

目　录

元史无文

终成了"道德模范"
　　——逋逃者泰伯 / 3
为了归来的奔逃
　　——复仇者伍子胥 / 6
死亡契约的践行
　　——厨神·刺客：专诸 / 9
留得永久的谜
　　——兵圣孙武 / 12

戏剧春秋

最会搞笑的太守
　　——喜剧人物朱买臣 / 21
生命的嗟叹：陆机 / 24
张翰：去来俱潇洒 / 27

水墨情趣

张旭暮秋 / 33
明白说出和没有道出的
　　——楚客吴越行：诗人张继 / 35

雅集·绝唱
　　——从五陵恶少到诗人、刺史：韦应物 / 38

误读的贤者：范仲淹 / 42

从经武祠中走出去
　　——塾师出身的教育家胡瑗 / 44

步出与走入
　　——从重臣到"居士"：诗人范成大 / 47

假如我不是王孙：赵孟頫 / 51

路转峰回

齐云楼抒怀
　　——吴王张士诚 / 55

被漠视的存在
　　——黑衣宰相：姚广孝 / 58

长别枫桥
　　——诗人高启 / 62

一出戏所造就的
　　——《十五贯》·况公祠：能吏况钟 / 65

没有情节性的经典故事
　　——一代画宗：沈周 / 68

归去来后的墨客
　　——王鏊：有所思 / 71

唐寅：难得轻狂 / 73

求名而得名，有何憾
　　——狂士徐渭 / 76

古代的故事人
　　——多面冯梦龙 / 81

"梦"的诗意阐释
　　——祈梦、留梦与造梦：张岱 / 84

活在梦里
　　——金圣叹 / 88

行路难
　　——京都行：吴梅村 / 90

多买燕脂画牡丹
　　——从至雅到绝俗：李渔 / 92

直刺人心的力量：伦理·人性
　　——一代大儒顾炎武 / 95

不甘屈辱的灵魂
　　——才女柳如是 / 99

绝唱：凄婉而美丽
　　——沉水：洪昇 / 102

扇里桃花带来的
　　——寻求谜底：剧作家、诗人孔尚任 / 105

权谋、深沉，抑或圣明、仁慈
　　——一代雄主的心术：康熙大帝 / 108

权术"心经"
　　——读《李煦奏折》/ 111

繁华客天涯孤旅
　　——江宁织造曹寅维扬行 / 114

寻常巷陌怀砚师
　　——砚神顾二娘 / 117

在真实与神话中游走
　　——神医叶天士 / 120

从诗友到罪臣
　　——沈德潜的玩笑人生 / 122

峰石无言
　　——瑞云峰前曾有过的故事：乾隆大帝 / 125

踪迹的寻觅
　　——神接曹雪芹 / 128

伤心人别有怀抱
　　——追梦散记：沈复 / 130

盛世悲歌
　　——乾隆诗坛第一人：不第秀才黄景仁 / 133

留存在小说中的面影
　　——校邠庐主人冯桂芬回访洪状元 / 137

瓶隐庐主人的梦
　　——忧者翁同龢 / 141

紫禁城的黄昏
　　——带着永远的怅恨离世：王颂蔚 / 144

神往大海
　　——从小镇走出去的年轻人王韬 / 146

通脱澄明

无望的守望
　　——末世经师曹叔彦 / 151

倦飞思静　执一而行
　　——终老苏州：学者章太炎 / 154

你，也值得纪念
　　——生与死引发的评价倒转：杨荫榆 / 157

小楼昨夜
　　——百年孤独：学者、作家苏雪林 / 160

一个成功女人的背后
　　——绣人沈寿 / 164

散文诗的走向
　　——诗，抑或散文 / 168

后　记 / 176

元史无文

骨骼碰钝刀刃
鲜血浇灭烈焰
山阿那边走过来
椎髻右衽
华夏正宗
泽国这边走出来
披发文身
荆蛮百越
——丛林中出来的
一般任性

血浓于水
血谊,血亲
隆于君臣大义
谱就残酷的美丽
不必用机心
装点正义公平
——欲说还休
只顾任性

终成了"道德模范"

——逋逃者泰伯

杏花零落了,春色已是五分。午后,孔夫子坐在中庭讲坛边,很有些倦意,但又不想也不敢睡,昨天看见子张午睡,上午刚借题发挥,慨叹其"朽木不可雕也",如今,哪怕是倚着几儿打个盹,都会被学生暗地耻笑。

前两天,整理《诗·大雅》,《皇矣》中分明写着:"自大伯王季/唯此王季/因心则友/则友其兄。"说泰伯让出继承部族首领的权利而得到安排,被封在岐山以西的地方。这与"鲁史"中泰伯、仲雍奔吴的说法,很有些不同。在周都洛邑时,孔子虽曾阅石室,启金匮,抽裂帛,检残竹,但对这个材料仍未完全弄明白。

打起精神来和子游聊聊。子游,就是言子,来自吴国,家乡的事不会不明白。

子游侃侃而谈,于是《论语》中有了"《泰伯》第八"这一章。下午的课程内容也有了,主题就是说泰伯。先由子游介绍泰伯事迹,然后课堂讨论,结末由孔子总结。兴许是大家对同学的发言不重视,或者在竹简上书写跟不上趟,只留下老师总结中的几句:

泰伯其可谓至德也已矣,三以天下让,民无得而称焉。

泰伯把长子权——君位继承权让出来,前后三次,无怨无悔,为的是让小老弟季历登上君王宝座。这种连君王的名位都能舍弃的崇高道德,弄得老百姓真不知该如何称赞他。但是对跑到几千里外的荆蛮去建立吴国的伟绩,并没有提及。

得到如此崇高评价的,在《论语》中屈指可数。也许是夫子对"礼崩乐坏,大小相逾"、世风日下、道德滑坡的末世发出的感慨,未免有点情绪化。不过泰伯的"道德模范"就这样当定了。

泰伯是怎样从黄土高坡奔向千里外的江南水乡泽国的?又是怎样归化了土著百越人,当上句吴之王的?

从宋代起,学者们就不断提出疑问,当代的学术论著中重复、充实、深化或者颠覆前人的论断,好些学子靠考证这个谜题戴上了硕士帽、博士帽。

问题留给历史学家、考古学们去争论吧。还是来探究一下所谓泰伯"至德"的问题吧。

倘若泰伯是淡泊名利的人,可以像孤竹国二子那样去遁迹山林,可以像许由那样用溪水洗干净自己的耳朵——被尘世话语污染了的,何必奔向那块神秘的、危险莫测的江南土地,或者到岐山以西,或者别的什么地方就国?

希伯来人也有类似的故事,以扫为了一碗红豆汤出让了"长子权"。"长子权",不过是宗子地位、几十匹牛羊,一方不大的土地,父亲的临终祝福,哪里抵得上千里周原、后来的成周八百年的江山。而以扫追杀那攘夺长子权的雅各,直到生命终结。

上郡城里,胡亥矫诏赐死了扶苏;玄武门下,李世民杀了长兄建成;斧声烛影,赵匡义接替了老哥……东方与西方几乎是一样的,有谁会在权杖前止步,而不想抓住?

泰伯让位、出走或就国,避免了一场骨肉相残的厮杀。废谁立谁,还不是听凭部族首领的心意。

朱熹夫子虽没有去听课,但是读出了孔老夫子的话外之意。"太王固有翦商之志,而泰伯不从,太王遂欲传位季历以及昌(就是后来的周文王和周武王)。"泰伯知道了这个惊天秘密,在两难选择——效忠于商还是尽孝于父的面前,走向第三条路——逃向荆蛮之地。朱夫子在注释的最后,亮出了论据:"泰伯不从,事见《春秋》传。"

吴地的泰伯庙,一座又一座,兴建——倾圮——修复。《儒林外史》中杜少卿在南京兴修的泰伯祠已踪迹全无,苏州阊门内的泰伯庙也曾沦为菜场。

而今,苏州泰伯庙复建完工,城市的GDP多了零点零几个百分点,青少年多了个爱国主义教育基地,居民们也多了消闲的地方。

是对吴国开国君王的追怀,还是对祖德清芬的颂赞?

原载《中国散文诗人(2014年选)》(团结出版社)、《中国乡土文学》2015年第三期

泰伯,又称太伯,约生活于前十二世纪,吴国第一代君主。姬姓,商末岐山(在今陕西)周部落首领古公亶父(即周太王)长子。太王欲传位季历及其子昌(即周文王),太伯乃与仲雍让位于三弟季历而出逃至荆蛮,建国号句吴。亦说其封国在岐山之西或太原一带。

为了归来的奔逃

——复仇者伍子胥

昭关内外,群山连绵。山上已经看不到乔木嘉树,楠木、紫檀早已被砍伐去建造章华宫,阴沉木、梓树也都已被用去打造王公和后妃的棺椁。不过这里倒也不是童山濯濯、遍地榛莽,间或还有一两棵野枣树,高处还残留着没有被贪食的孩子摘去的枣子。

两座对峙的山峰,一条狭隘的通道,地势险要,楚国在这里设置了关口。伍子胥在山间转来转去已经有六七天,但总找不到得以出关的路数,就靠着这些残存的枣子和山泉水度日。

探头探脑,张望过关门上张挂的榜文,画影图形,分明是自己昔日俊武的身形,现在自己头发白了,胡子拉碴,瘦脱了形,根本不像同一个人。但是上面下达死命令,要严加防守,何况还有那个诱人的赏格:黄金千镒,粮食五万石,只要献上伍子胥的首级。自己一张口,就是郢都口音,哪儿能混过去?

楚平王竟这样残暴、这样胆怯、卑鄙,处决国家的宗室、重臣,像捻死蚂蚁一样。自己的父亲伍奢、哥哥伍尚,被悬首郢都通衢大道口,楚平王还要追杀自己,伍子胥默默地想。

眼泪早已流尽了,胸腔里有的只是复仇的念头。

从春徂秋,奔逃了好几个月。伍子胥由边城逃往宋国,再偕同太子建去投奔郑国。太子卷入了一个阴谋事件被杀,他原来的计划——倚仗太子的名望,借助外来力量,伺机杀回楚国——落了空,只能重新思考新的报仇方略。

　　桃花盛开的季节,溱水与洧河之滨,青春男女手持兰花、蘼芜相互调笑的情景,引人遐想:九百里云蒸的云梦泽,水边祭神的盛大场面,湘君、湘夫人,罗袜轻尘,凌波而来;大司命、少司命,旋风开路,暴雨浥尘,驾着乌云出场;幽怨的山鬼,唱着凄楚幽怨的歌,"风飒飒兮木萧萧,思公子兮徒离忧"。伍子胥觉得眼前见到的这些,未免太小家子气。

　　中原的大国也好,中等国家也好,消尽了上升时期的锐气,不敢与东方的霸主楚国争锋,更不会为一个逃亡者去报仇,轻开战衅。西方的秦国又太远,鞭长莫及。

　　唯一可以投靠的是新兴的吴国。吴楚世仇,杀来杀去,几十年了。

　　从陈国的宛丘折回了楚国,走了"之"字。

　　穿行,度关,像黑泽明的《罗生门》一样,有种种版本:一夜白了少年头,在友人帮助下混过了关;用自己的智慧,吓倒了关吏,说是他吞没了自己的珍宝,于是被放了出去。司马迁先生避而不谈;现代诗人冯至说是作为闲汉被抓去到关外远山上伐木逃了出来。也许是某个城卒,同情伍家的不幸,冒着生死干系,把他偷偷地放了出来,我想。

　　好在结果重于过程,伍子胥得救就好了。

　　昭关之外,没有太多的路,大江隔绝了去路。所有的记载,《史记》《越绝书》《吴越春秋》几乎完全一致,说是一位渔父——无名隐者帮他渡过了长江。

　　　日已夕兮予心忧悲,
　　　月已驰兮何不渡为?

　　太阳就要下山,还不赶快渡江?催促自己渡江,还是催促自己复仇?伍子胥听着、想着就跳上了船。

在吴国经营了多年,策划了一系列活剧。现代版的"苏州史",记下了伍子胥强吴、兴吴的种种业绩,可是忽视了他隐秘的心理动机。他驾驭着吴国这辆战车,奔驰在江汉平原。作为最早的"盗墓者",掘出杀害父兄的仇人——楚平王,鞭尸三百。

归来了,再看看云梦泽,看看东君、东皇太一,看看湘君、湘夫人,还有大司命和少司命。问一下,命运到底把握在谁手里?

伍子胥显示出人的觉醒。

原载《中国乡土文学》2015年第三期、《大沽河》2016年第三期

伍子胥(？—前484)名员,字子胥,春秋时楚国人。父、兄为楚平王所杀,子胥逃至吴国,助吴王阖闾筑城练兵,发兵攻楚,破郢,掘平王坟,鞭尸三百。后任吴相国。夫差时,伍子胥劝吴王拒绝越国求和并停止伐齐,不谐,被吴王赐剑自杀。

死亡契约的践行

——厨神·刺客：专诸

四月，吴都，——其时，还没有姑苏、吴大城、苏州、平江府之类的称谓。

潇潇暮雨，洒到子夜。应和更漏迢递。

想到就要兑现承诺，驱走纠缠多年的噩梦，专诸感到一种从未有过的大欢喜。

七年前，也是四月，也是雨夜，被楚国的偷渡客伍子胥带进现今的宫室。

松明，火焰跃动，松脂燃烧，嗤嗤作响，青烟升腾，幽香淡淡，弥散在廊庑间。

原以为伍先生是帮自己补上王府"厨师长"的缺，去见内臣，不意见到公子光——当今吴王的兄长。

接席而谈，依照江湖规矩。

头颅——身后的安排，

义务——权利，

天平两端平衡了。

契约，无形的，一诺千金；谋略，路线图，精心勾画；方案，冒险的，相时而动。

蓄势:太湖边,去学炙鱼,补上厨艺的短板①;
造势:艺名"鱄设诸",标出炙鱼美味的长项。
张扬:"太和公""太湖公"的名号,在吃货心目中,比得上商朝宰相伊尹。

豹子,耐心等待着奔驰而过的麋鹿;猎人,设置陷阱,焦灼等待着落套的猛虎;公子光,张罗通向死亡的华宴,苦苦等待着开宴的时机。
等待,是智慧的结晶,也是耐心、意志的较量。
从春徂秋,两千五百多个昼夜。专诸夜夜都纠缠于情境类似的梦:刺杀,失手,自己成了猎物;刺杀,成功,自己也身首异处;脱逃,挣不出公子光张起的网。
梦,交替呈现,懵懵然惝惝然惶惶然戚戚然……

松明,火焰跃动,松脂燃烧,嗞嗞作响,青烟升腾,幽香淡淡,弥散在廊庑间。
想起——
故乡,松林,童年,忘归的我;暮烟升起,倚门而望的母亲,呼唤,悠长,悠长。
想起——
流迁途中,与吴市吹箫人伍子胥,最初的相会。
是他发掘了我的生命潜能,去实现人生意义的最大值,还是用我的生命作赌注,实现他的复仇目的?
爱恋与舍弃、恩与仇,专诸顾不得细想,总算偿清了人生最后一笔账!

---

① 《香山小志》:"中和桥,跨南宫塘。"《吴越春秋》:专诸去从太湖学炙鱼,即此地也,故一名炙鱼桥。今俗名捉鱼桥,讹。

叩开地狱之门,作为引路人,领着王僚,涉过忘川。

准备一下觐见的礼物——全炙鱼,磨砺了匕首,再淬上毒药。

路线图,一步步顺利实施,王者僚消失了,公子光成了新王——翻开吴国历史新页的雄主阖闾。

王者风范:王僚,葬以王礼,血浓于水;专诸,厚葬建墓,儿子封官授爵,契约两讫。

作为刺客之祖的专诸,留存在史籍中,随着时光流逝,情节越来越丰富。

作为厨神的专诸,没有得到饮食业一致首肯,伊尹、易牙,得票率遥遥领先。

清代文人袁枚,读《吴越春秋》,有自己的发现,从万夫不当的猛士,妻子一呼就停止打斗这点看来,专诸,堪为"惧内"者之祖。现代中国学者却认为,他比"哲学王"柏拉图高出一筹——尊重女性人格方面。

原载《大沽河》2016年第三期

专诸(?—前515),又作鱄诸,吴国棠邑(今南京六合)人。善烹饪,惧妻,事母至孝。公子光欲杀王僚,伍子胥将其引荐给公子光。前515年,乘吴内部空虚,光以宴请王僚为名设宴,专诸藏匕首于鱼腹中,刺杀王僚,专诸被王僚的侍卫杀死。公子光自立为王,是为吴王阖闾。乃厚葬专诸,并以其子为卿。

留得永久的谜

——兵圣孙武

来到吴地十多年,总不那么习惯。

就拿天气来讲,九月高秋,齐国东北一带,像打泼了的颜料盆,一碧如洗的天宇下,红的柿叶、枫林、黄的柳树、银杏,依然苍翠的松、柏,残剩得不多几个枣子悬在树梢的枣树,零落得没有一片叶子的楝木、构树、梧桐,枝干直刺苍穹,看一眼就醉了。哪像这个城——阊闾大城,依然绿柳低垂,野草,蔓生着,护定这大地,几乎见不到一点黄土,迟归的燕子,贴着水面掠过,飞入雾气重重的天空。

孙武先生顿生乡国之思。

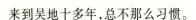

午后,坐在堂前。迟迟露出的太阳,照在身上,暖暖的,倦意顿生,隐几而寐。

莲步,不,轻捷、细碎的步履,自外而内,袅袅婷婷,款款立定,孙武不由挣扎着撑开眼睛。

吴娃,千娇百媚,衣饰似乎土气了些,尽管很华丽。吴王拓展疆土,走向中原,观念开放,经济富裕。近年来,女性装扮,紧跟潮流。齐国临淄、郑国新郑、卫国楚丘的流行发式,新款衣服,用不着半个月,就会在吴都翻版。

吴娃,一双,不,两对,火辣辣的眼睛,如嗔如怨,似颦似怒。好熟悉,曾经见过。

吴娃,上前,敛手,道出:"先生,好记性!十一年前——吴王阖闾元年,在吴子城演军场最初、也是最后的相见吗?"

还是那两双火辣辣的眼,含情的、挑逗的,直勾勾盯着自己——刚出三十,来自齐国的书生,被逼得不敢对视。

还是那两双火辣辣的眼,如嗔如怨,似颦似怒,割下的头颅在铜盘中托着,执法吏跪着奉在自己的面前——快意而又不忍对视。

来得突然,问得突然。虽觉得有种种理由可以辩白,委屈的、审美的,立身处世的、公平正义的,合理合法的。一时语塞,愣愣的。

身上盖上一件衣服,重重地。"就这么睡着,霜降过了,当心着凉!"夫人嘀咕着。

醒了,孙武惶惶然、怏怏然,前面几步,还留着衣香鬓影,在血色黄昏里。

怎样尴尬的场面?

披上铠甲,戴上头盔,拿着利剑和盾牌,花枝招展的宫女化身而为甲士,百十来个,分成两队站立。

鼓声响起,鼓点节奏变化着,命令:前进,

原地不动,嬉笑着,蛱蝶翻飞;

鼓声响起,鼓点节奏变化着,命令:后退,

原地不动,笑得更厉害,癫狂放肆;

鼓声响起,鼓点节奏变化着,命令:向左转,

原地不动,放纵,笑声如莺啭,传到远处阅兵台上吴王耳里;

鼓声响起,鼓点节奏变化着,命令:向右转,

原地不动,笑声里掺杂着歌声。是"子夜",还是"读曲"?尽管来到吴地一年,孙武还是听不懂。

鼓声急剧变化,一通,二通,三通,

宫女化身而为的甲士,没有振作起来,没有鼓噪高呼,没有摆开阵

势准备战斗。嬉笑、打闹,有的笑得扭了腰,要别人搀扶。

孙武要执法吏宣两位队长前来受命,再一次讲解军规,再一次宣布惩治条令,道出:违令者斩。

火辣辣的眼睛,两对,如嗔如怨,似颦似怒,含情的、挑逗的,勾定将台上的年轻教官。

王的女人,像在王面前那样恃宠而骄。

是怎样尴尬的场面?

披上铠甲,戴上头盔,拿着利剑和盾牌,花枝招展,宫女化身而为甲士,百十来个,分成两队站立。

鼓声响起……

鼓声急剧变化……

依然,嬉笑、放歌,花枝抖乱,

花朵零落,令下,

吴王近于讨饶的求情,被回绝了。

鼓声如山,队形转换、进退、冲杀、准备格斗……

领队的,不再是那两双火辣辣的眼睛,眼帘间闪烁着微微的泪光。

见好就收,不必说"将在外,军令有所不受",作过姿态,看在君王的份上,放过那两双火辣辣的眼睛。

娇媚,难以抵挡的魅惑;调笑,被戏弄而生的屈辱;法度,保身立命的护符;立威,急切用事的热望。

通过了吴王精心设计的面试。

孙武驰骋才情。五战入郢,北威齐晋,吴国终于成了一流强国。

不过总是当二把手——军师,也就是参谋长,襄助那个推荐自己给吴王的楚国流亡者伍子胥。

杀了王的女人,王的芥蒂还在吧?

带着"兵法"十三篇而来的,意在进行一场试验,或者说是游戏,看看自己饱读各种兵书——《黄帝兵书》《太公阴符经》《风后渥奇经》《易经·卜兵》《军志》《军政》《军礼》《令典》《尚书·兵纪》——以后创造出的新体系兵法,有着怎样的价值。

没有血海深仇要报,非得依仗吴国的军力;没有干求功名富贵的奢望,等着裂土封侯。介入吴国军界,只是像一片云被风吹着,倒映河心,偶然荡漾成风景。

记得小时候和伙伴们角抵,就是斗牛,投射,就是投石、射箭,稍大一点,分成两队"攻城略地",输了,总是挂下脸,悻悻然走回家。父亲孙书,抚摸着他的头,笑着说:"游戏,就是要玩得尽兴,何必苦着脸!"

如同儿时一样,"游戏"散场了,欢快地回到父母身边。

日之夕兮,牛羊下来。

女人,王会弃之如敝屣,也会重之如社稷。

不管怎样,那是王的,容不得冒犯。

深沉如海的王,为了信守承诺,暂且忍下了,能永远忍下去吗?

在每次见吴王的时候,孙武觉得在鹰鸷一般眼睛的背后,总是闪烁着火辣辣的眼。一个杀了侄子夺得王位,又去追杀侄子的儿子,也就是侄孙的王,会忘了屈辱吗?尽管美女如云——没有什么是不可替代的。

走了,回到生身的土地,留下一份乞归的表文,或者请求回乡探亲的请假条。

试问君向何方?乐安,惠民,还是临淄?孙武与人通报籍贯的时候,或是出生地,或是祖籍,或是族望。吴国没有进入大数据时代,档案制度也不健全,材料相互矛盾。久假不归,夫差派人去寻过,地方太大,没有下落。

最危险的地方往往就是最安全的地方,孙武来了个"灯下黑",就隐居在吴都郊野,据说就是如今苏州穹窿山。不过史无所记,连司马迁、班固都没有找到遗踪。后来写《越绝书》的吴平、袁康找到他的坟地,在如今苏州市相城区元和镇。

留下那么多的谜,出处,归宿,生命的结局。

留给攻读历史学博士以专著写作的命题,留给地方官员以张扬地方文化的抓手,留给企业家以新的商机,留给升斗小民以摆摊设铺的福分,留给城管、保安以施展身手的场合。

请看,齐地东北,"孙子祠","孙子故居",一个又一个,"孙子兵法"国际研讨会、论证会一场又一场,穹窿山——天下第一智慧山,孙子隐居处,旗帜张扬着,一面又一面。

显示出——永久的谜。

原载《大沽河》2016年第三期

孙武(约前545—前470),字长卿,齐国人,约活动于公元前6世纪末至前5世纪初。由齐至吴,经吴国重臣伍员举荐,向吴王阖闾进呈所著兵法十三篇。他曾辅佐伍子胥率领吴国军队大败楚国军队,占领楚国都城郢城,几近覆亡楚国。42岁(吴王阖闾十二年(前503))隐遁山林,从此史无所记。其所著《孙子兵法》,被誉为"兵学圣典",并被译为英、法、德、俄、日等国文字,为国际上兵学典范之书。

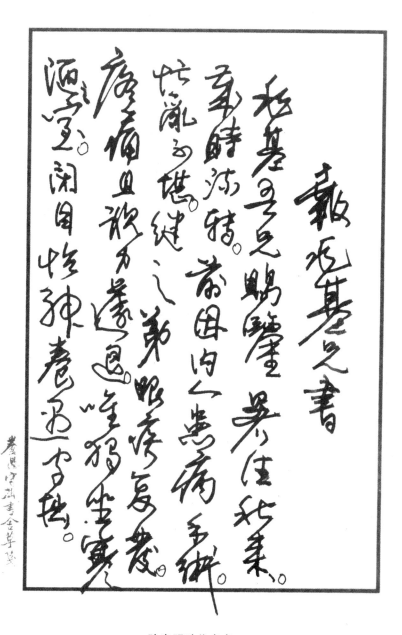

陆嘉明致作者书

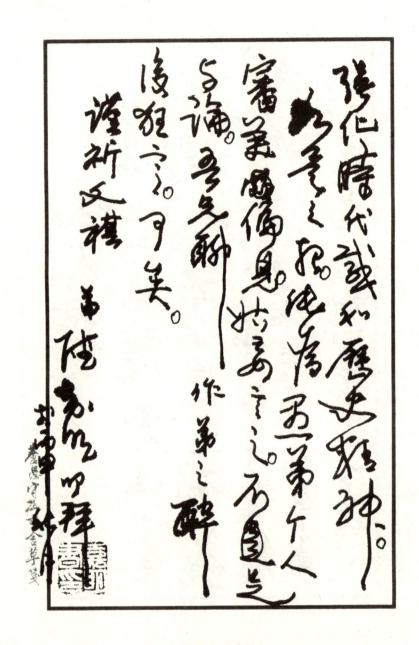

戏剧春秋

喜剧、悲剧、正剧
还有悲喜剧
戏剧所能有的模式
人——
必须进入历史设定的情境
你——
别无选择
人生如戏

生、旦、净、末、丑
正面人物、反面人物
一号、二号、配角、龙套
人——
必须选定一个角色
但你——
可以选择
戏如人生

最会搞笑的太守

——喜剧人物朱买臣

一次开放性、研究性的教学活动——请学生从古代苏州的地方长官中,推选出泽被后世、至今最有影响力的一位。

经过了一番策划,学子们网上搜索,跑图书馆、苏州名人馆查资料,耗时经月,一篇篇洋洋洒洒的论文,打造出来了。涉及的无非是文采风流、兴建山塘长堤的白居易,治水兴学、"雅化"苏州人文化基因的范仲淹,状元宰相、行为世范的文天祥,清廉自守、判案如神的况钟,还有以诗名世的韦应物、刘禹锡等等。却偏偏有几个逆向思维的学生推出了汉代太守朱买臣。在一番质疑之后,他们表示要在大家面前详述己见。

他们提出评最有影响的政要得先定标准。拟议的标准有两点:第一,现今的影响力最大,亦即文化内涵最丰富的。第二,与政治、道德标准脱钩,不要空谈什么历史贡献。大家觉得言之成理,于是原则上达成一致。

主讲者推荐朱买臣为有第一影响力的苏州政要的理由如次:

其一,从苏州最具有开拓性、对外扩展最快的饮食产品——藏书羊肉说起。小小的一味羊汤,从苏城西北的小镇——藏书,进军本城,再弥散到周边地区,越上海,进入浙江、福建,北上安徽,大有进军京津,取代全聚德、东来顺之势。其招牌中"藏书"二字,风流典雅,蕴藉无穷。不知者,以为"藏书"之地,定有硕儒大师浸淫其中的藏书楼,想必是风景绝佳、水草丰美的好去处,羊肉也必然是肥而不腻,没有什么膻气的。知之者,谓"藏书"得名与朱买臣有关。朱先生落拓时,不改读书爱好,上山砍柴不忘读书。为了方便,也是防止老婆把竹简当柴火烧了,将书藏到路边的石头下。至于藏书羊肉操作流程与朱先生是否有关,留待文化学者考证。但无可置疑,朱先生应是该产品最为合适的形象代言人。这样就可以把藏书羊肉文化前推到西汉,这将使所有的百年老店、宫廷美食黯然失色,其招牌的含金量也将大大提高,说不定会成为世界美食第一品牌。

其二,朱先生是戏曲舞台上最为活跃的,也是民众耳熟能详的人物,苏州历史上的地方长官中无人能比。京剧、评剧、吕剧、豫剧、鼓书、评话,无不有《朱买臣休妻》《马前泼水》或《烂柯山》,在"二人转"中更是保留节目,如果赵本山、小沈阳罗帕一转,边唱边跳,观众会笑得前仰后翻。他的故事如今已经拍成电视剧,改编成连环画,翻录成DVD。(说到这里,主讲者拿出一堆物证,并且表示倘若不嫌弃的话,可以即兴表演一两段。结果大家反对,认为此乃学术讲坛,不是打谷场。)还说朱买臣不失为中国文学长廊中的典型人物。他大义凛然,用巧计当众羞辱了嫌贫爱富的崔氏,好好惩罚了这个女"陈世美",人心大快。这个故事,如今已化为成语"覆水难收",进入各种辞书。

讲完以后,其他同学纷纷发言。

有的说:"朱买臣读书有如读唱本,打柴回来,边走边唱,弄得小孩子跟在后面笑。屡教不改,老婆受不了刺激,才要求离婚的。"

有的说:"他随着送审计报告的官吏到京师,稽留不返,老到'驻京办'蹭饭吃,有辱斯文。"

有的说:"他攀上同乡大官严助,以三寸不烂之舌,谋得会稽郡守。回到吴中,没有为家乡父老办实事。一上任就羞辱前妻,用言语刺激他人导致其死亡,至少是过失杀人。"

有的说:"他身为大中大夫,却败坏朝纲,挟嫌报复,逼死名吏张汤,自己也没得好死。"

还有的说:"戏里朱买臣是个须生,应该改扮成丑角,至少鼻子上得敷点粉。"

史书上的、戏文里的、连环画上的,真的、假的,严肃的、牵强附会的、故意搞笑的,都抛出来了。发言者个个血脉贲张、激昂蹈厉,课堂里成了一锅粥。下了课,大家不肯散。

怎样收场?急得我一身大汗。

醒了,原来我睡在床上,开灯一看,枕边一本《汉书》、一本连环画《朱买臣的故事》。

原来如此,哈哈!

原载《中国乡土文学》2015年第三期、《文汇雅聚》2016年杨柳集

朱买臣(?—前115),字翁子,一作翁之,会稽吴(今属苏州市)人。早年家贫,后为严助所荐,得到汉武帝的赏识,被任命为中大夫。不久被免职,后又复起,被任命为会稽太守。数年后,因罪被贬官为丞相长史。后数年,张汤出任御史大夫,因淮南王刘安谋反一事构陷严助,招到了朱买臣的怨恨,加之张汤为人倨傲,多次故意折辱朱买臣,二人遂成死敌。前115年,朱买臣与李文等共同诬告张汤,将其逼死。不久事发,朱买臣亦获罪被杀。早年休妻一事,成为传说,并进入各种戏曲,但多处与史书记载不合。

生命的嗟叹：陆机

白鹤抖动双翅，在滩涂上迈开脚步，扭动颈项，顾盼四周。几声长鸣，声闻九天，箭一般地冲上碧空，翱翔云水之间，消逝在远方。

这是陆机在生命最后眼中浮现出的图景。作为三军统帅的他，兵败七里涧，二十几万大军溃散，十六名部将被枭首示众，悬挂在洛阳建春门铜驼街头。

陆机明白免不了干系，但想不到加来的罪名却是拥兵自立、密谋反叛，这怎不使他愕然心惊。

剖心沥血的诉说，改变不了成都王下达的处决与灭族的命令。其实这类效忠的话语早就说过。为了表示忠诚，他献过诗：成都王是红太阳，他要像葵藿一样追逐着太阳，日日年年。

来执行命令的使者牵秀——故人和部属，一个嫉妒成性的小人，陆机背叛、自立的谗言风就是他向成都王吹的。陆氏弟兄在京洛如日中天的声誉，平原内史、后将军、大都督的名位，早惹得他眼睛里出血。脸上堆出的友情慰安、受命无奈的窘相，遮掩不住内心得意的狞笑、如愿以偿的欢快。

太康十年—永安二年，一十四年的羁旅生涯，远离了昆山之阴、谷水之阳的故里华亭，那块白鹤栖息的地方。荇菜参差，莼菜卷曲，鲈鱼游动在碧波间,采莲女和应着吴歌、部曲在田野里耕作。庄园二十里方圆,远离城市尘嚣,从容驰马、畋猎、宴饮、读书、赋诗、为文。田园的寂静,疗救了陆机亡国之虏的屈辱和兄长被杀的心灵痛苦。

放下兵刃,拿起笔墨,潜心经史,放情诗赋。十年华亭,陆机撰成《辨亡论》,明辨吴国兴亡之理,直追贾谊《过秦论》;草成《文赋》,探秘创作心理奥区,有独得之秘,远出曹丕《典论·论文》之上。

田园的寂静,催生了他对功业的渴望。声名就止于朋侣之间、乡曲之内?陆机渴望走出海边一隅,走向帝都,展现绝世的才华,既然"游文章之林府",就得"咏世德之骏烈"。四世三公,父祖陆抗、陆逊没世的功业,史册留存,七尺男儿,哪能老死于户牖之间?

去吧,哪怕像飞蛾扑火一样!应诏踏上去洛阳的长途,一步三回头,"伫立望故乡,顾影凄自怜"。

名利场上,前途难卜;十丈红尘,变数几何?作为吴国贵胄、外来者,陆机遭到过多少回河洛贵族的冷眼、挑战、排挤、陷害。一次次求援揽誉,一次次寻找靠山,一次次蹉跌失落,一座座冰山消融崩塌:为自己延誉、替自己找到进身之阶的张华,最早的主人杨骏,炙手可热的贾谧,一度称帝的赵王司马伦,都免不了杀身之祸。

求租——寻租,陆机奔走于一个又一个新权贵的家门。为了生存,置身于贾谧的"二十四友"的文学沙龙之中,并献上颂诗三百,据说其中也有数首讥讽的,可惜找不到文本来见证。

是浪掷才情,还是让自己的才情和南方文化得到了应有的尊重?陆机顾不得盘点自己的全部人生旅程,写下"古典版"的《多余的话》,他想起了千载而上的李斯临刑前和儿子说的话:还能牵黄狗出上蔡东门游玩吗?又想起了几十年前顾日影而神伤一弹绝唱《广陵散》的嵇康,于是回转头对

弟弟陆云说:"华亭鹤唳,岂可复闻乎?"

就这样走了,陆机,是年四十三岁,弟陆云,是年四十二岁。

临刑之际,洛水之滨,"昏雾昼合,大风折木,平地尺雪"。

千里外,十月的华亭,仍是橘黄蟹肥,白鹤在滩涂上从容漫步。

原载《中国乡土文学》2015年第三期

陆机(261—303),字士衡,吴郡吴县人,西晋文学家,书法家,与其弟陆云合称"二陆",死于"八王之乱",被夷三族。曾任平原内史、祭酒、著作郎等职,世称"陆平原"。

张翰：去来俱潇洒

洛阳的秋天来得比江南早，太湖之滨，此刻还该是鹤唳鹰飞，草青柳绿，品酒赏景的好时光。张翰默默地想。

三吴旧臣子弟应召进京的已有好几十位，同在华亭骋马、千里湖上泛舟的顾荣、陆机、陆云相继去洛阳已有年头，如今，会稽的贺循又要走了，何时才轮到自己？同是江东望族之后，我怎么还没被征召？

时不我待，去吧！随着贺循的船而去，连吴郡的金闾亭也顾不得多看一眼。

帝京一年，默默无闻，张翰没有在士林留下谈资、佳话，没有明公品题。但总算有个着落，捞到一张饭票，被荐为东曹掾，齐王大司马府上的。这许是世俗之徒最欣羡的官职：主子是当朝最有权势的人，巴结得上，会有享不尽的荣华富贵。

朱楼何巍峨！可张翰总感到地面在晃动，大司马府的倾颓就像在眼前，锋刃呼啸，士兵搜寻着东躲西藏的王公姬妾；火炬熊熊，点燃着大厅落地的黄色幕幔。

北邙山上冢千堆，新冢、旧坟，有多少是这几年添上的：张华、潘岳，多少才华横溢的文人，为名利断送身家性命。

阶前飘落一片梧桐叶,黄里带青,像是早殒的青春生命。单薄的白袷衣抵御不了漠北早到的风寒。府外的驼铃响了,送水的驼队来了,又是一天的开始,该回到几案上去董理文牍了。

酒渴与诗兴俱来。张翰啃着胡饼,品了一口羊酪——这京洛人最夸耀的食品,自己也习惯了,如今却觉得难以下咽。他想念起在家乡的日子,文火炖得稠稠的莼菜羹,切得薄薄的看得见对面的鲈鱼片,炉火上炙一下,就着几斗佳酿慢慢地品赏。

于是拿笔在墙上写下:

秋风起兮佳景时,吴江水兮鲈正肥。

三千里兮家未归,恨难得兮仰天悲。

权作辞职报告,就此,走了,就像他去年从吴郡来到洛阳一样。

狂士、疯子、不识好歹的家伙,放弃锦绣前程:洛阳士林多了一段话资。

半年不到,洛阳面临新一轮杀戮,齐王被杀,齐王府里上上下下的官员、门客无一幸免。洗牌以后重新开局,人们想起了及早脱身的张翰,于是赞叹不已,粉丝如云,誉之为"江东步兵",与"竹林七贤"中的阮籍相提并论。

对他,四百多年后,唐代诗人李白表示出少见的敬意:"张翰江东去,正值秋风时。"

对他,八百多年后,宋代词人辛弃疾不能忘记:"休说鲈鱼堪脍,近西风,季鹰归未?"

对他,一千八百年后,大学教授在讲海德格尔存在主义的时候,话起了张翰:生存智慧,诗意地留居。九〇后的大学生听得扑棱棱的……

原载[美]《常青藤》诗刊2013年第十五期、《中国乡土文学》2015年第三期

张翰,字季鹰。吴郡吴县(今苏州)人。性格放纵不拘,时人比之为阮籍,号"江东步兵"。齐王司马冏执政,召授为大司马东曹掾。当时王室争权,张翰托言见秋风起而思吴中"莼羹"、鲈鱼,弃官还乡。不久,齐王冏败,张翰因得免于难。

沈汛书法(赠作者)

雅文丛

水墨情趣

笔落惊风雨
书艺,画风
绵延,回环,神纵
不绝地狂奔
墨沈淋漓
晕染、工笔、泼墨
尺幅见千里
水墨情趣
成就了
那个时代的
《命运》《悲怆》

诗成泣鬼神
诗艺、乐语
满庭芳、菩萨蛮、巫山一段云
钧天大乐,薄海同悲
翠袖红襟
揾去多少英雄泪
谱就了
我们民族的
《田园》《月光》

张旭暮秋

秋天,曛黄的太阳,没有太多的气力,洒落在古老宅第的方砖上。

张旭,转了一个大圈,顶戴着金吾长史的官衔,回到了故里。

西北风尘寥落,中原烽火连绵,昔日交往的亲朋、酒友,不知散落到哪里去了。鉴湖的贺知章,比自己还老的老头,怕早已成为古人?山东李白还有"笔落惊鬼神"的佳句否?赋就《酒中八仙歌》的少陵野老杜甫,当年还是年轻人,如今飘零到何方?

"张旭三杯草书圣,脱帽露顶王公前,挥毫落纸如云烟。"解下了峨冠博带,不用摧眉折腰,从容地放浪形骸,诗狂,酒狂,书更狂。

几案,铺就的纸,墨海,研好的徽墨,笔架山,悬挂的湖笔,像待发的三军,等着主帅的号令。三杯,只要三杯,一切就会催动。

长安酒楼,公子王孙、墨客骚人、酒徒豪客、胡姬美女,慕名而来竭诚学艺的,想要一瞻大师风采的,只想看热闹的,远远地拢着,围成弧形。

弟子颜真卿送上蘸饱墨汁的笔,张旭如癫如狂,挥洒,挥洒……线条,飞动着,跳跃着,蛰伏着,奔走着,呼喊着,狂歌着,郁闷着,沉思着,放声大笑着,号啕大哭着。那不是字,是诗,是文章。不要把它看成是信息的载体,它就是信息本身。不需要费心思去辨认,去想,去猜,那线条就会告诉你,书家的人生际遇:千里寄宦的乡情,浮生如梦的旷达,添香红袖的缠绵,功名无望的惆怅。字幅就是诗人的精神本传。

　　掷笔而起,疾走,狂叫,心中无可名状的悲苦不是这支笔所能传达的,就像是上阵的将军找不到称手的武器,环顾茫然。将自己化身为笔吧,散开盘在头顶的黑发,揪住了,用头发当作笔锋,身躯当作笔杆,头颅配合手腕转动,与公主争道的担夫桀骜不驯、喧拳弄掌的姿态,公孙大娘舞动剑器、兔起鹘落的风韵,从心中流到纸上。"书"成泣风雨,成就了书史上的绝世华章。

　　再现一次风华,在生命的暮秋。笔、纸、墨、酒,一应俱全,自己的儿孙、吴郡的乡绅。可是没有旧友,两度随着自己学艺的门徒颜真卿,如今何在?

　　三杯酒下去,书兴不来,张旭茫茫然。大唐老了,我老了,难道书艺也老了?

原载《散文诗世界》2012年第八期、[美]《常青藤》诗刊2013年第十五期、《中国散文诗》(2013年卷)、《中国乡土文学》2015年第三期

张旭,字伯高,吴县(今苏州)人。书法家、诗人。开元年间,曾于常熟任县尉,又任金吾长史,世称"张长史"。性嗜酒,醉后呼叫狂奔,然后挥笔写字,有时竟用头发沾着墨汁疾书。酒醒后,观赏自己的书法,龙飞凤舞,飘逸万态,以为有神力相助。

明白说出和没有道出的

——楚客吴越行:诗人张继

重义然诺,仗剑去国,是为演出"侠客行"而来的吗?金樽美酒,华灯纵博,是为压酒的吴姬而来的吗?科场失意,造化弄人,是为去江南禅院叩问命运玄机而来的吗?

渔阳动地的鼙鼓,震得大唐的太阳摇摇欲坠,万巡千乘西南去。张继——前两年刚考得进士,但吏部官员考试并没有通过的士子,能到现在去讨得名分吗?

报国无门。

至德元载,襄阳布衣张继买舟,去向烽火圈外的吴越。

别样的江南,庾信《哀江南》、江淹《别赋》中五里十里、长亭短亭,春草碧色、春水绿波,燕子呢喃、王谢堂上,鸢尾花、薰衣草招摇骀荡的春风里。

可惜即将枫落吴江,不过那也是陆机、张翰心驰神往、夸耀于北人的季节。看着翻白的芦花,目送飞鸿,品尝千里湖的莼羹、鲈鱼,仍不失为人生快事。

顺着江流,沿着淮河、运河,你在风景中寻回自己,用诗情疗救焦灼。

淮阳,候馆孤驿,面临一泓秋水,茅舍人家,门扉敞开着,挡住了夕阳欲坠中的远山,定格成永久风景,而你,"浮客了无定,萍流淮海间"。

无锡,惠山,春申君祠,瓦苇,风中摇曳,野菊,闲开在台阶边。此间无主,斯世无人,而你,"弥令过客思君子"。

杭州,虎跑寺,"出涧泉声细,斜阳塔影寒"。诸暨,雪落无声,"郢客登楼齐望华"。而你,惆怅,忧伤,淡淡的。

子陵钓台,骋目赏景,"鸟向乔枝聚,鱼依浅濑游"。即景生情,"古来芳饵下,谁是不吞钩",而你,与古贤合拍的心跳。

"终年帝城里,不识五侯门"。不去把握时机、结交权贵、聚拢人脉,怎能通过吏部考查而得官呢? 而你,终于明白了。

长卷勾勒出你的行迹,也透露了你的心迹,但若没有点睛的那一笔——《枫桥夜泊》,长卷也许就没有太多的意义。

正如一位评论者所言,如斯,你会湮没在大唐浩瀚的诗海里,我想。

进入吴门最初的口岸——枫桥,你并没少在岸上逗留,村户、人家、米市、茶馆、驿站,还有那被称为寒山寺的普明塔院。听老僧谈禅,诵读来自西域的贝叶经,应和着呗声、磬音,虽然没有见到上百年前在这里挂单的寒山、拾得。

似有悟,似无悟。超然物外,普度众生;天下苍生,一己浮名;不假外求,心即是佛;种种观念,纠缠不已。

也许你一生从没有这样认真地想过,从奄奄黄昏到未央的夜。

舱外,月,早就落了,只剩下飞霜流动的天,暗蓝的。乌鸦躁动着,从树上惊起,绕树三匝,搅动这夜的宁静。

暗红的、跃动的渔火,那渔船该是泊在桥边江枫树旁吧? 猜想着。忧从中来,凝成一个"愁"字,是为个我的功名未就而愁,抑或为胡骑蹂躏下的中原苍生而愁,还是为西南蒙尘的帝子而愁? 是为自己的愚顽、浪掷似水华年而愁,还是为众生难觉、沉溺于情天欲海而愁?

寒山寺的钟声传送佛音,在一瞬间,你彻悟了,大慈悲化为大欢喜。但钟声难以觉世,人们仍然是为利而来,为利而往,看着从那客船下来的熙熙攘攘的人群,你从彻悟又陷入悲哀。

"风流张继忆当年,一夜留题百世传",明代画家沈周赞叹你艺术上成功,"火知渔火仍村外,舟载诗僧又客边",他读出了诗中的禅机天趣。

也许因为诗的字面明白易懂,也许因为诗风的爽利,于是进入《唐诗三百首》,进入小学语文课本,国文课本、华文课本,也给枫桥带来商机。新春听钟祈福,——古刹游第一亮点。

有多少人能领略诗人无尽的忧患:为自己,为古人,为今人,为天地,为苍生?

诗人张继,幸欤?不幸欤?

无语,席地而坐的张继,微微地仰起头,睨视与他塑像合影的红颜。

张继,生卒年不详,字懿孙,湖北襄州(今湖北襄阳)人。约公元753年前后在世,与刘长卿为同时代人。天宝十二载(753)进士。至德元载(756)曾有一次吴越之行,历淮阳、无锡、苏州、杭州、绍兴、富阳。大历中,以检校祠部员外郎为洪州(今江西南昌市)盐铁判官。他的诗爽朗激越,不事雕琢,比兴幽深,事理双切,对后世颇有影响。流传下来的不到50首,最著名的诗是《枫桥夜泊》。

雅集·绝唱

——从五陵恶少到诗人、刺史：韦应物

　　江南，黄梅时节。雨，淅淅沥沥，如牛毛、麦芒、秧尖、柳丝，在廊庑之间飘荡，落在树叶、书带草、苔藓上，聚成一颗颗小水珠。

　　案牍劳形，韦刺史走到廊前，望一望天，心想：过两天，老友著作郎顾况要去饶州，在苏州稍作勾留，且邀约周边的诗友丘丹、秦系、皎然来作一小聚，不知天公能作美否？

凉风飒然，来自海上。驱走缠绵的雨，连同无端的乡愁。
江南如许风色——
乍晴还阴。何其似
周原千里，绿草芊芊；
辋川灞桥，烟树凄迷；
杜曲春老，花香如酒。

聚会，郡斋水榭内，
贴着池沼吹来的风，带着点凉意。
暂别公文待批，暂免升堂问案，暂谢官场应酬，暂离是非尘嚣。
在文朋诗侣面前，且放浪形骸。

五月禁屠,供客的只有果蔬,
"俯饮一杯酒,仰听金玉章"。

大家吟唱了自己的近作,得意之作。
远客顾况吟起《公子行》:

……

朝游鼙鼙鼓声发,暮游鼙鼙鼓声绝。
入门不肯自升堂,美人扶踏金阶月。

"讽世之作。"
诗僧皎然朗诵了在吴兴访问陆羽不遇的诗章:

……

扣门无犬吠,欲去问西家。
报道山中去,归来每日斜。

"高士难寻!"
丘丹读了短章:

露滴梧叶鸣,
秋风桂花发。
中有学仙侣,
吹箫弄山月。

交代一下,诗题为《和韦使君秋夜见寄》。
"儒雅风流。"
秦系带着感伤,压低声调慢吟了《耶溪抒怀寄刘长卿员外(时在睦州)》:

……

偶逢野果将呼子,屡折荆钗亦为妻。
拟供钓竿长往复,严陵滩上胜耶溪。

想起,不久前辞世的随州刺史刘长卿。

"斯人已矣!"

"百身难赎。"

沉静。

点评、插话,都中止了。

兴许是为了调节气氛,韦使君吟诵起带有自叙、自诩、自嘲意味的五古——《逢杨开府》:

少事武皇帝,无赖恃恩私。
身作里中横,家藏亡命儿。
朝持樗蒲局,暮窃东邻姬。
司隶不敢捕,立在白玉墀。

"五陵恶少,横行乡里,路人侧目,窝藏逃犯,赌博设局,偷香窃玉,公人不敢过问,只因韦郎在大内执勤。"

"任侠使气,少年情怀。"

"一气流转,情文相生,耐人寻味。"

后面的句子,大家很熟悉,于是化而为齐诵:

武皇升仙去,憔悴被人欺。
读书事已晚,把笔学题诗。
两府始收迹,南宫谬见推。
非才果不容,出守抚惸嫠。

动地的渔阳鼙鼓,改变了大唐王朝的命运,也改变了人们的生活轨迹。弃武习文,韦郎成为滁州、江州、苏州的太守——能诗的一位。

永定寺僧舍,灯下,韦应物边吟边书,写成五言的"诗报告"——《郡斋雨中与诸文士燕集》。

顾况击节称赏。

刘太真看后,来信说:"顾著作来,以足下《郡斋燕集》见示,是何情致畅茂遒逸之如此!"

不多年后,继任刺史白居易于《吴郡诗石记》独书:"兵卫森画戟,宴寝凝清香。"

多年后,明代官员、道学大师薛文清将诗中的"自惭居处崇,未睹斯民康"、另一首诗中的"所愿酌贪泉,心不为磷缁",书为座右铭。

又不多年后,明代诗人杨升庵叹之为"一代绝唱"。

"乐天长短三千首,却爱韦郎五字诗。"苏轼有云。不见韦郎,几见韦郎?且看《苏州府志》。

韦应物(737—792),长安(今陕西西安)人。唐代山水田园诗派诗人,后人每以"王孟韦柳"并称。其山水诗景致优美,感受深细,清新自然而饶有生意。作品今传有十卷本《韦江州集》、两卷本《韦苏州诗集》、十卷本《韦苏州集》,散文仅存一篇。因出任过左史和江州、苏州刺史,世称"韦左史""韦江州""韦苏州"。

误读的贤者：范仲淹

城市为他骄傲——范仲淹，其实不仅是他血脉所系的苏州，凡是他任职过，生活过，乃至游踪所及的地方，都留有关于他的种种纪念：祠庙、牌坊、亭榭、楼阁、桥梁、道路、碑刻、铭牌、塑像……

凡读过《古文观止》，或者接受过九年制义务教育的人，都知道他那篇情文并茂的文章——《岳阳楼记》。我总觉得这篇文章无论是从文字、思想境界，都很难为十四五岁的孩子所理解，不过成年人总是想及早把他的名言"先天下之忧而忧，后天下之乐而乐"，烙进孩子们的灵魂。

人们用话语表现自己的存在，生命留存在话语之中。

不过一位当代著名学者的戏谑之言，似乎很有道理：吃了鸡蛋，何必要去见那只生蛋的鸡？人就活在话语之中，何必把他的名字黏附在先贤祠、牌坊这样或那样的建筑物上，又何必去描摹影像，留在纸上、画布上，更何必用汉白玉、青铜去打造金刚不坏之身？

大音若希，至象无象，以特定的瞬间去表现一个性格丰富的人是很难的，不入流的画师、雕塑家的画像、塑像除了唐突贤哲而外，似乎并没有太多的意义。

拘拘然、彬彬然，温文尔雅，立在校园门墙之内的，有类门者；把酒迎风、潇然自若,傲立于广场之上的,有类酒徒;披着沉重的铠甲骑在马上、坐在中军帐中的,有类胜券在握的将军;峨冠博带、秉笏而朝的,有类规规然的俗吏。范公,你该是怎样的形象?

借形象演绎人物的一段历史,却难以窥见人的心灵的悸动。这是艺术的无力,还是艺术家的无奈?

"燕然未勒归无计,长烟落日孤城闭",抵御孤独,用一杯浊酒。

才下眉头,又上心头,无计回避,割舍不断的相思。

无情的芳草,在斜阳之外的,渐行渐远犹生的乡愁。

除了惦挂着天下百姓之外,范公就没有个人的感情天地?

"庆朔堂前花自栽,为移官去未曾开。年年忆着成离恨,只托春风管领来。"忆着的是花,还是人?①

鄱阳湖畔的翠袖红巾,佳人的低唱,玉树临风,才子的浅酌。处江湖之远,想着的未必全是明君,也未必全是社稷苍生。

原载《散文诗世界》2012年第八期、《中国乡土文学》2015年第四期

范仲淹(989—1052),字希文,苏州吴县(今江苏苏州)人。北宋政治家、思想家、军事家和文学家。他为政清廉,体恤民情,刚直不阿,力主改革,曾数度被贬。谥文正,封楚国公、魏国公。有《范文正公集》传世。

---

① 范文正守鄱阳,悦乐籍一小妓,召还,作诗寄后任云:"庆朔堂前花自栽,为移官去未曾开。年年忆着成离恨,只托春风管领来。"到京以胭脂寄其人,题诗曰:"江南有美人,别后常相忆。何以慰相思?寄汝好颜色。"(姚宽《西溪丛语》)

从经武祠中走出去

——塾师出身的教育家胡瑗

塾师—府学首任教席—太学主讲教授—天章阁侍讲，
平民师—士人师—太子师。

以上从纵、横两个维度，画出了宋代教育家胡瑗的人生轨迹。经武祠，泰州华佗庙畔，几间空闲的房舍，年近不惑的胡瑗收拾出来权当讲堂，门上钉上块木牌："安定书院"，手写的。从此这里弦歌不辍，绵亘一千多年。当下是江苏省泰州中学的一部分。

先生走了，留下手植的两株银杏。还在的一株，以黝黑赤裸的躯干，杂乱而又井然有序的枝杈，像一把打开的伞架在人们的眼前，显示出宇宙的庄严和肃穆，昭示着历史曾有的存在。

暮雨潇潇，顺着朱雀门北到宣德楼的御道，过天汉州桥延伸到汴河边，饯别送行的祖帐，相望相属；道旁站着不少太学生、开封府学的生员，白衣方巾；还有些赶来看热闹、做小本生意的走卒担夫，青衣小帽。

顶着太常博士官衔的大儒胡瑗先生，致仕还乡。其实只有不多的人算得清，送走的不过是一个八品小官——还抵不上宰相府的家人。

太学——天章阁来去奔波，讲课，改作业，坐堂督导，巡视宿舍，为太子——后来的英宗授课，胡瑗耗尽了心力。中州，早寒而又干燥的气候，引发了他多年的咳喘，缠绵在病榻上，好两个月了。他不由惦记起鹤唳莺啼、秋尽草犹绿的江南来了。

上书乞骸骨,于是就有了倾动朝野、送行者"百里不绝"的场面:从汴梁到洛阳。

灵魂在透明的、毫无阻隔的时空之间穿梭,胡瑗品尝到从未有过的大喜欢、大自在。

苏州,岁寒堂,日影透过松柏枝叶落在台阶上,成了一个个圆晕,清风传来柏子的清香,和着范公仲淹交谈办学的方略。"致天下之治者在人才,成天下之才者在教化,教化之所本在学校。"范公捐出了用来建造家宅的土地,胡瑗献出了自己的智慧,于是,就有了苏湖教法,于是,就有了分斋教学。

带着少年豪气的学子,从湖州府学出发,游关中,亲近了尧之都、舜之壤,俯瞰了禹之穴,觐见了黄帝之陵。抵潼关,上至关门,见到黄河横在关口,委蛇汹涌,远望华山、中条山盘踞着,簇拥着,奔腾起伏着,江山千里,尽在眼底。

被召见,君王温语嘱咐,为太子讲经传道授业。

梦穿插着梦,梦追逐着梦。官斋中领着学生引吭高歌和着钟磬,从"呦呦鹿鸣"到"大雅久不作",惊动了皇城根的百姓、五城守备使。泰山上,五大夫松下,栖真观中,和石介、孙复抵掌而谈,即席赋诗。一切融成了一片,先生走出了梦。

儿子胡康和从苏州、湖州、汴京来的门生,经武祠安定书院最初的弟子,围在病榻前。其中不乏公卿大夫、封疆大臣、州县的幕职官,但也有擅长治水的,长于历算的,工于绘画的,巧于演奏古乐的……

"先生醒了,一天一夜的昏迷。"大家舒了一口气。

先生还是走了,急匆匆地去追自己的梦。

经武祠外,银杏树下,篝火升腾,人们喊着:"魂兮归来,胡先生!"声波刺破夜空,越传越远……

原载《中国乡土文学》2015年第四期

胡瑗(993—1059)，字翼之。泰州如皋(今属江苏南通)人。北宋学者，理学先驱、思想家和教育家。因世居陕西路安定堡，世称安定先生。布衣出身，宋庆历二年至嘉祐元年历任太子中舍、光禄寺丞、天章阁侍讲等职。

步出与走入

——从重臣到"居士":诗人范成大

南宋,那时称作大宋。

年近耳顺的老臣范成大,细步,战巍巍地退出大庆殿,也许是最后一次见到圣上,显得更加迟缓。

明天,就要回到故里——苏州石湖,过上"荷锄戴月归"的悠然岁月,但他还是放心不下朝事。也许是自作多情,其实天下离开了谁,都会依旧太平。坐在金殿高处的皇帝,也就是日后被称为寿皇、孝宗的,略略抬起头,是目送,还是迟疑欲语?也许他想要这位用一生辅佐自己的臣下,在退朝后到旁殿,延和殿,或者垂拱殿去,温语话离情。但想到祖制没有这样的礼数,再说张贵妃早与自己约定退朝后去御苑赏花,当下正是牡丹时节。于是君臣相别的场面,定格在历史镜头中了。

一步步。从正殿,走向丽正门。"君之门兮九重",何时才能奉诏归来?能不能再见这凤楼龙阙?范成大望着髹朱红漆镶金钉的宫门,丽日下熠熠发光使人不能逼视的铜瓦,目眩眩而汗涔涔。在宫外守候的家人,走上前扶住:"大人,朝臣们为您饯行的宴席等着您去呢!"朝着渐行渐远的龙凤天马图——丽正门顶上的,投去深情的一瞥,透过轿帘,他。时在淳熙十年。

先皇高宗迎生母显仁韦太后从金国归来,范成大献赋称颂,蒙召见。先皇和太后垂问,范成大欣欣然、惶惶然,无以对答。其年十七,未冠的童子。时在绍兴十二年。

进士及第,再次来到大庆殿,琼林宴,御苑赏花,也是牡丹时节,其年二十有九,翩翩少年郎。时在绍兴二十四年。

垂拱殿垂询,范成大陈说"日力、国力、人力"都被不急之务所耗费,皇上,也就是今上,高兴地采纳了。仍是牡丹时节,其年三十有三,盈盈公府步。时在乾道四年。

延和殿召见,皇上抚其背温语:"朕不毁盟发兵,何至害卿!啮雪餐毡,理或有之。"天子圣明,今天竟然会来点"自我批评",范成大感激涕零,慨然担起出使金国的使命。以血肉之躯入虎狼之金,生死难卜,岂止是如苏武啮雪餐毡,留在贝加尔湖畔一十九年而已。——稍前,左相陈俊卿因力主暂缓遣使而去位,吏部侍郎陈良祐因论不应遣使而罢官,礼部侍郎李焘惧而不敢行,险点坏了一世名节。弱国无外交,范成大虽然没有完成讨回宋室陵寝的使命,但在虏廷上侃侃而言,维护了大宋的尊严。据说范资政巾帻一角垫起的戴法风靡金国中都,人们模仿着,追风,是仰慕学士的风流儒雅,还是寄托遗民的故国之思呢?史无所载,其时又没有《时尚》杂志,只能存疑。行时,牡丹落尽,芍药也殿了春风,其年四十有五。时在乾道五年。

外放交广,四川任职,疾病缠身,蒙召回。中秋夜,忆十三年间十一处见中秋,"其间相去或万里"。归抵临安,十月,秋风萧瑟,黄花遍地,其年五十有二。时在淳熙四年。

官拜参知政事,四月,牡丹时节。遭谏官弹劾罢免,任官不足两月。六月,木槿在篱间开着,紫色小花。其年五十有三。时在淳熙五年。

知明州、改守建康府,又是五年。风疾,再三请求"奉祠",也就是"退居二线",蒙恩准。其年五十有八。时在淳熙十年。

三十三年事,都在一念间。

令轿子停下,走出,你伫立御桥之上,再看一次宫门和作为背景的凤凰山,潸然而泪下。

揉碎江南烟水——历史的重释

归去来。船上,倚几翻阅《陶靖节集》,"舟遥遥以轻飏,风飘飘而吹衣。问征夫以前路,恨晨光之熹微。"你似乎不能完全体味陶公归田时的欣喜。或许是因为田园有着莘、葱二子在打理,不致荒芜;或许是并没有失悔自己为朝廷、为天下苍生所做的一切,不会"悟今是而昨非"。来者可追,是的,在优游林下的日子里,沉静下来,可以历数平生,体察下情,进言献策。

归去来。轻舟驶过寒山寺:朱塔、虹桥、碧芦、青枫、绿柳,一一依然,终来到横塘之西、越城以东,范氏别墅所在的石湖畔。水稻扬花,茂密深秀,一眼望过去,路上行人只露出半截身子;水宿的白鹭,栖息在长满菱叶的池塘里,分外洁白可爱,叫人眼睛一亮。不用乘轿,也不去骑马,顺着大道、小道、田埂,信脚走去,好在路是熟悉的。一位老者,看来面熟,一时想不起,相询后才知,原来是隔壁乡邻,不由乍然一惊。斜桥边,自己手植的柳树的浓荫间,无数夏蝉在喧闹着,是迎接游子归来吗?

式微,式微,胡不归?

天快要晚了,快要晚了,为什么还不归来?

生命的晚秋,归来了,又能做些什么?

如此星辰,非昨夜的中宵,胡为乎中露?

改号"石湖居士"的范成大,想用诗画出一幅田园画,长卷,江南的。《豳风》里,八百里秦川,载阳的春日,在田塍上走过,殆及公子同归的青春少女,挎着竹筐,摘满车前子的;陶诗里,南山之下,闲适、羲皇上人的无为境界,王维、辋川、蓝田,安定、富有禅味的诗意人生;张籍、王建,乐府之中,底层人们苦涩、辗转沟壑的灾难:将它们交织在一起,变得繁复多彩。既不像凡·高的《农鞋》那样凝重得化不开,要人用心琢磨,也不像黄公望的《富山春居图》那样空寂明丽,让人萌生出世之想。

完成了心愿,你终于完成了最后的杰作《四时田园杂兴六十首》。其年六十有一。时在淳熙十三年。

式微,式微,胡不归?
天快要晚了,快要晚了,为什么还不归来?
生命的晚秋,归来了,又能做些什么?
如此星辰,非昨夜的中宵,胡为乎泥中?

你的田园诗——名副其实的反映农村生活之诗。在诗中,我嗅出香气,菜花的、麦花的、稻花的、芫荽的、煮茧的,烹鱼的,我在诗中听到了真歌哭,小儿女的、少妇的、老叟的、诗人自己的,我在诗中见到历史活剧,七夕里顾不上乞巧的青春男女,"乞汝青铜买酒"的差役,在有限的画面里,我发现无限的人生,在如水诗情中品味出人性的真纯、甜美、虚伪、丑恶,读懂历史与现实的中国。

式微,式微,胡不归?
天快要晚了,快要晚了,为什么还不归来?
生命的晚秋,归来了,又能做些什么?
如此星辰,非昨夜的中宵,胡为乎彻夜不眠?
范参政、范资政、范文穆,径直称呼你,范先生。
即使你没有那么多功业,
那么多诗,两千多首,
单这,《四时田园杂兴六十首》,
就已经扬起永远的风标,全体人类的。

范成大(1126—1193),字致能,晚号石湖居士。南宋平江府吴县(今江苏苏州)人。乾道三年(1167)知处州。乾道六年(1170)出使金国,不畏强暴,不辱使命,还朝后除中书舍人。淳熙五年(1178),拜参知政事,仅两月,被劾罢职。晚年退居石湖,加资政殿大学士。谥号文穆。成大素有文名,尤工于诗。诗的题材广泛,以反映农村社会生活内容的作品成就最高,有"家剑南而户石湖"的说法。著有《石湖集》《揽辔录》《吴船录》《吴郡志》《桂海虞衡志》等。

假如我不是王孙：赵孟頫

管夫人将烛花剪了又剪，烛火不再那么跳荡。她侧耳谛听远处传来的更柝声，三更三点了！不由心惊。"相公早点睡，明天再写吧！今天已经写了上万字了。"又一次催促着。

赵孟頫微微仰起头，又低头写下去了。

记不清写了多少遍《千字文》，篆、籀、隶、真、行、草六体的。"天地玄黄，宇宙洪荒。日月盈昃，辰宿列张……"这本识字课本，为什么被圣上这般爱重？也许想从这包罗万象的读物中，读懂中原文化？也许是欣赏赵家王孙在字幅上表现出的恭敬与虔诚？

天威难测，漠北来的主上能够欣赏自己的才艺，是天大的幸事，哪里还敢顾得上劳瘁。要记得自己是宋太祖十一世孙，秦王赵德芳之后，天潢贵胄。如果祖上不是落户到吴兴，而是分封到闽、粤一带，说不定早就被哪个草头将军、孤忠大臣拥立为天子，最终兵败被杀。想到这里他就不由得汗涔涔、目眩眩。

"往事已非那可说，且将忠直报皇元。"天恩高厚，记得那年作为江南遗逸进送大都的时候，世祖忽必烈惊为神仙中人，把自己安排在离他最近的位置上，在左丞相之上。是蒙古大汗初瞻中原王胄风采的自惭形秽，还是一种姿态，对亡宋潜在反抗势力伸出的橄榄枝？

才具、见解、为人,不是没有被考察过;可用,不可用,该怎样用,不是没有掂量过。如果不是宋朝宗室之后,赵孟𫖯可以致卿相,可以成为独当一面的地方官员。

厅堂里少不得一个屏风,案几上少不得一个花瓶,朝廷内也少不得一个前朝宗室来装点,何况这位赵氏王孙才华冠绝天下。

从集贤直学士起晋升到荣禄大夫,直至魏国公,官至一品,天子不呼其名,屡赐金帛,尊荣富贵,自己比起父祖在先朝的职位高出不知多少!

真正知道"我是谁"并不容易,知道我应该是谁,也许更不容易。几十年的宦途行走,赵孟𫖯终于知道如何适应。舍弃经天纬地的雄图,闲置字字珠玑的道德文章,寄意丹青,挥洒笔墨,让铁笔游走在方寸的石章之上,经营一方天地,让汉魏的、唐宋的画艺、书艺、印艺在自己的手中复活、垂之久远。也许没有新境界的开拓,但他让历史在这里打了个结,在艺术园地荒芜、蒙古铁骑践踏中原文化的时候。

幽雅娴静的躯壳,曲意恭顺的外形,隐藏着王羲之、王献之不羁的灵魂,颜真卿、柳公权的铮铮铁骨,这是一代王孙的心史。

原载《中国乡土文学》2015年第四期、《文汇雅聚》2015年迎春集

赵孟𫖯(1254—1322),字子昂,号松雪,松雪道人,吴兴(今浙江湖州)人。宋代王室之后,入元后,官至一品,封魏国公。著名画家,楷书四大家(欧阳询、颜真卿、柳公权、赵孟𫖯)之一。赵孟𫖯博学多才,能诗善文,懂经济,工书法,精绘艺,擅金石,通律吕,解鉴赏。特别是书法和绘画成就最高,开创元代新画风,被称为"元人冠冕"。他兼擅篆、隶、真、行、草书,尤以楷、行书著称于世。

路转峰回

那是美好的时代
那是糟糕的时代
那是人的尊严得到充分尊重的时代
那是杀人如刈草不闻声的时代
那是个性张扬的时代
那是权力意志主宰一切的时代
那是道德伦常提高到无上的时代
那是人欲横流、精神堕落的时代
那是艺术走向精致、追求完美的时代
那是文学创造力受到无情扼杀的时代

人们深味新时代临产前的阵痛
萌生从华夷之辨到三千年未有之巨变
带来迷惘、困惑
坚守,还是变节
前进,还是后退
担当责任,还是和光同尘
锐意革新,还是抱残守缺
就是人们——
对于那个时代的回答

齐云楼抒怀

——吴王张士诚

是着意经营,还是无意留下的一笔?

命名为"齐云楼"的仿古建筑,重新矗立在苏州吴子城遗址北面——如今的干将路南侧。

子城——郡斋,府衙——王宫——王废基。

吴王阖闾、夫差,或者春申君时,有没有楼在子城之上?无从稽考。

首版,文献著录:武周时,刺史曹恭王建,取名"月华楼"。百年后,白刺史乐天登临,俯瞰全城,"半日倚栏杆",但觉得楼名俗滥了些,于是"改号齐云楼"。"西北有高楼,上与浮云齐",雄峙城北,化虚为实。

二版,清简版:北宋英宗年间改建,命名"飞云阁",规模似乎小了一些。

三版,修正版:徽宗政和五年推倒重建,复名为"齐云楼"。

四版,豪华版:南宋高宗绍兴十五年,知府王唤重建,手笔不小。归田的参知政事、诗人范成大观光后,在《吴郡志》留下不短的一段:楼宇,一字迤逦,除主楼外,另建三小楼遥相照应。规模不仅冠于江浙一带,海内名楼,诸如四川的西楼、湖北的南楼、岳阳楼、庾楼,都要甘居下风,楼前,还立了文、武二亭,增添气势。还记下民众反响:"父老谓兵火之后,官寺草创,惟此亭胜承平时。"史家笔法,褒贬立现。

五版,超豪华版,也是绝版:元末,草莽英雄张士诚,将府衙化为太尉府,终而化为吴王宫。齐云楼也被重新装扮。

新楼何巍巍,何奢华,何气派!但而今找不到任何文字记录。

可作为佐证材料的,却很有一些。

出身游民的胜利者,暂时得势,也不失帝王做派。

桐芳巷造就春锦园,安置两位如花美眷,八千民女作宫娥;锦帆泾重开泛舟游乐,只不知用锦缎作帆、宫娥掌楫否?灵岩山重修响屧廊,只不知美姬曾试足否?

至正十三年,泰州起兵;十六年,平江占领;二十六年,平江围城;二十七年,平江城破。

十一年,张士诚,走完了最辉煌、最揪心、最倒霉的一段岁月,最后的。

齐云楼,一炬而毁,连同宫妃们,在张王最后的命令之下。

明洪武年间,苏州知府魏观在吴王宫遗址重建府衙,正堂上梁前,举办了一个小小的庆典。只为"上梁文"中有"龙盘虎踞"一语,被以叛逆罪处死。从此,齐云楼,就再没有哪个官员敢复建了。

子城,府衙,王宫,沉睡了二百七十年,被称为"王废基",直到明朝灭亡。

子城,府衙,王宫,接着又沉睡了二百七十六年,作为校场,直到清朝灭亡。

西学东渐,举办新学,草桥公立中学的学生叶圣陶、顾颉刚、王伯祥,曾在这里上过洋操、打过靶,或许还撵过野兔。

多少年过去,荒烟、蔓草、瓦砾场,整治成公园、运动场。建上了学校、华宅、深院、民宅、石库门,商铺、超市、办公楼。

人们早忘记了曾经存在过的吴子城,还有曾是苏城之最、东南之冠的齐云楼。

不知哪位规划师、工程师想起,在林肯、凯迪拉克、奥迪、桑塔拉、现代、奇瑞,还有电瓶车、渣土车奔驰而过的大道边,重建起"齐云楼"。

不知依据哪次的版本,武唐时的初版本,宋徽宗时的清简本,宋高宗时的豪华本,张王时的超豪华本、绝版本。

也不知要人们想起什么记住什么思考什么。

齐云楼下,早几年是商铺,卖运动用品的;如今仍然是商铺,卖保险柜的。

谢绝登楼……

纵然登楼,也只能看看脉脉的干将河水和对岸的马可波罗大酒店。也许什么也不会想起。

但我——

想起了张王的绝版本,还有那个火场故事,一代兴亡,凄清的。

张士诚(1321—1367),原名张九四。元末江浙一带的义军领袖与地方割据势力之一。兴化白驹场人(今属江苏盐城大丰区)。在元朝末年抗元起义领袖中,有"(陈)友谅最桀,(张)士诚最富"之说。张士诚因受不了土豪欺压,起兵反元,史称"十八条扁担起义"。袭据高邮,后辗转攻占平江路(今江苏苏州)。后期,投降元朝,被封为太尉,后自封为"吴王"。最后,朱元璋攻破平江城,张士诚被押解至明都应天府(今南京),被令自缢。

被漠视的存在

——黑衣宰相:姚广孝

明,永乐二年,晚秋,苏州相城。

稻已割尽,田里积着浅浅的水,白鹭不时飞起,落到湖边芦荡里,芦花随风扬起。

从京城归来的姚广孝,想起"昔我往矣,杨柳依依;今我来思,雨雪霏霏",芦花飘逸,何其似飞舞的柳絮,又何其似纷纷扬扬的雪。

离别故里已不止二十三年。洪武十五年,你四十七岁,道衍和尚,斯道法师。

命里注定的风云际会——

马皇后驾崩,朱皇帝选派高僧辅佐诸王,诵经祈福。你被燕王朱棣选中。

从此,别了江南,连同依依绿柳的相城。从此,在青灯黄卷下,策划改写皇明帝位世系运行图的谋略。

庆寿寺 ⟷ 燕王府,二十余年,不知来回了多少次。

晴天丽日,风朝雨夕,黑魆魆的夜。

法会、法事、占卜、雅聚、分韵、赏花、品茗……

有名目的,说不出名目的;可以告人的,不可告人的。应召必到,不召自来。

坐着王府的官轿、抑或寺院的民轿而来——披着袈裟挂着禅杖的比丘妙相,白帧巾、青布衫翩翩书生模样;从正门进,从边门进,从地道进。

抹一下,淬火后的锋刃;看一下,操练中的兵阵;理一下,想定了而又变化了的韬略。

大乘佛法的普度众生,儒家的兼济天下,道家的韬光养晦,法家的权变机诈,兵家的波谲云诡,阴阳家的装神弄鬼:你,一点点地灌输进——既有淮北游民凶悍、无赖、阴鸷,又有朝鲜妃子阴忍、坚毅、果敢的 DNA——燕王心地。

为国师,为帝王师,是士大夫实现政治理想的最佳选择。傅说、姜尚、张良、诸葛亮、李泌,不多的成功者;比干、陆贽、王安石、张居正、翁同龢,更多的失意者。

在阳澄、薵泽、尚泽,水云乡里、打谷场上嬉戏的孩子,不会有这样的狂想,六十年前,那时你还叫天禧。

做医生的老爸姚震卿,想把自己的衣钵传给儿子,老大姚恒一口应承了,老二天禧却不愿接受。"读书,将来做官,替爸妈讨个封赠。"

"做官,谈何容易!如今朝廷废了科举,南人又是末等。"爸爸说。

"做和尚去。昨天在苏州城里,见到僧官出行,鸣锣开道,扛旗打伞,八抬大轿,比县太爷还威风!"天禧说。

于是,十四岁,你进了妙智庵,当上小和尚;十八岁,穿隆山剃度,通过审核,领到戒牒:和尚资格证书,云游四方的通行证。

于是,习画,习诗,习书,习经,习万人敌,习阴阳八卦。

不想进入高僧传,成传法大师,名刹主持;

不想进入儒林传,成一代诗僧,追逐风流;

想成为经纶手,重新安排乾坤。

你是现代意义上的操盘手,比主人更加关注行情变化,更加果断,出手也更加狠辣。懂得,生存,还是灭亡,这是一个问题;明白,在路线问题上没有调和的余地。掂量过,输了,只不过丢了一张度牒,加上自己带血的头颅;赢了,获得整个世界,名垂千古。

你谋划,全不顾佛家的清凉世界,道家的清心寡欲;

你动干戈,全不顾佛家的慈悲为本,儒家的忠恕仁义。

血流成河,你在河上行舟,放歌,造就了一代英主,还有那传世的《永乐大典》,郑和下西洋的传奇故事。

还乡,不必衣锦,以赈灾的名义,太子少师的身份,姚广孝——永乐天子的赐名。

佛弟子是不应有尘缘的;还俗,就得讲尊长卑幼。

到仅存的亲人姐姐家去话旧,品一杯故乡水。

被臭骂了一顿,"皇帝的家务,要你这个和尚多事!"姐姐说。也许是永乐登位,将建文皇帝减免的田赋又加上去,多交了几石粮食;也许是隔壁人家的儿子,在"靖难"之役中,成了燕军的刀下鬼——她吃不了邻居的抱怨。

"唯小人与女子为难养也。"慨叹了一声。

热情的,只有妙智庵的庙祝,唠唠叨叨地讲村里的故事,庙里的故事,自己的故事,中心主题是重修老庙,焕发青春。姚大人只要跟县里、府里提一下,庙修好了,自己还不是当家方丈。

了却"燕王"心头事,赢得身前身后名。

你追求的是名,自己的,父母的,祖上的……

重返故里后,尝到不被认同的悲哀。

其实,你在朝臣、僧众的眼色中早就敏感地意识到,

非儒,非道,非释,亦士子,亦黄冠,亦菩提,

另类中的另类。

你要为自己辩护,著成《道馀录》,

笔扫三军,批驳了二程先生、朱熹夫子。
三教同源,道出了道学家们的底蕴,
"妙真如性"类同于"道即是性";
"佛愿一切众生皆成佛道"与圣人的"人皆可为尧舜"相通。
——思想者李贽的先声,比李贽更为狂狷。

"蚍蜉撼树谈何易",或者说,堂·吉诃德大战风车,无望的战斗。
颠覆,或者再造一个王朝,从中获得红利,你做到了。
颠覆,或者再造一个传统,匡正你的形象,让另类变为正统,你不会做到,也绝不能做到。
被迁出宗庙,取消了陪祀的地位,在明朝。
《四库全书》馆臣,说你的诗艺还不错,"清新婉约,颇存古调",不过人品不行,该视同于权奸严嵩的《钤山堂集》,"儒者羞称"。《道馀录》更是焚之唯恐不尽,在清朝。
你,只是作为一位"黑衣宰相",著录在历史中。

难得的知音,明末的思想者顾炎武读懂了你,你的学识、才干不下于文成公,也就是刘基、刘伯温,大明开国功臣,然而生非其时,你生活在"道德一,风俗同"的年代,而文成生活在"世衰道微,邪说又作"的时候。
一位比较文化研究家,读了你的材料后,恍然有悟:"东方于连,十五世纪的,成功者,可惜少了一段罗曼史"。

姚广孝(1335—1418),幼名天僖,法名道衍,字斯道,又字独闇,号独庵老人、逃虚子。明朝江浙等处行中书省平江路(明南直隶苏州府)长洲县(今江苏苏州)人。元末明初政治家、思想家、军事家、诗人,燕王朱棣的谋士,"靖难"之役的功臣。朱棣即位后,初授官僧录司左善世,收郑和为菩萨戒弟子,法号福吉祥。永乐二年(1404)再授为太子少师,复其俗家姓,赐名广孝。

长 别 枫 桥

——诗人高启

几度别枫桥,又别枫桥。

江城画桥三百中诗名最重的枫桥,如今又要告别了。戴着长镣短铐的高启坐在靠近舷窗的船板上,向穿行而过的枫桥,投去深情的一瞥。

别了,枫桥;别了,吴门;别了,视为生命的诗。高启转过头打量了对面船板上坐着的王彝,王彝面色如土,泪水正顺着眼角往下淌,与自己同命的。

"叛逆有据,着即缉拿解京,钦此",苏州夏侯里高府不算太大的厅堂里,回响着内监公鸡打鸣似的嗓音。下船,顺着不算太宽的锦帆泾。高启回想着早晨发生的一幕。

无可告慰,无从告慰,高启吟出:"枫桥北望草斑斑,十去行人九不还。"洪武以来,从枫桥路押解去金陵的,亲戚、朋友、门生,几乎没有见到生还的。扼杀灵魂自由的网愈收愈紧,厄运降临到个我身上,也许只是个时间问题。"十载长嗟故旧分,半归黄土半青云。"盛年的高启痛感同样盛年,甚或青年的故旧无告地走向死亡;而幸运走向朝廷的,也不免因这样、那样的罪名走向死亡。

辞吏部右侍郎不就,赐金放归。三年前,重归枫桥的情景历历在目。是耶,非耶?那是吴门的枫桥吗?作为标志性建筑的寒山寺宝塔怎么不见了?夕阳下,归巢的乌鸦在狂噪,寺里高树上;秋水澄碧,乳鸭扑棱棱地振翅欲飞,在桥洞里。是真的。品尝到重获自由的喜悦,如同逃出禁苑的小兽,飞出樊笼的黄莺,摆脱金钩的鲤鱼。铺满锦绣的官服换成白袷单衫,如同屈大夫用荷叶做的衣裳一样。高士将重新睡卧在雪满青丘的屋舍,做着美人来归的梦,在明月之夜的林下。

更加小心翼翼。订下三般检束自律:"莫恃傲才,莫夸高论,莫趁闲追逐。"低调,再低调,远离政治。

是命里注定,还是性格使然?忘年交魏观来任苏州知府,宽以待民,深得民心。为了便于咨询,他将高启由大柳村接到夏侯里居住。舒解民困,造福乡梓,陈腐的士大夫习气,或者说自由知识分子的性格复苏了,在高启身上。诗词酬答,切磋政务,忘了自订的检束。

郡斋太小、位置太偏,于是在张士诚王府的废基上鸠工兴建新府衙。"上梁了,将祭神如仪,一篇《府郡上梁文》得敬烦高君。"杯盏交错,带着几分醉意,高启一挥而就了一诗一文。魏大人吟哦了一番,击节称赏。"上梁文"用黄表纸抄了一份,等上梁时,烧了上达天庭。书吏也许是太爱中文才,或者就是皇上安排的卧底,多录了一份,带将出去,上达龙庭。文中"龙蟠虎踞"四个字,朱皇帝看了触目惊心。其实诗人是写实,不过带了点夸张,"龙蟠"就是一条"卧龙街"(如今的人民路),还有那条待疏浚的锦帆泾(吴王夫差开辟的),在府衙前,"虎踞"不过是指"府郡"居高临下而已。

深文周纳,是中国文字匠最大的本领,御史张度为魏观等定下了"兴灭王之基,开败国之河"的罪名,同案犯有高启、王彝等。

高启只知道以文字贾祸,但还不知道已定下来罪名,不知道作为事实根据的罪证,更不知道极权主义者置自己于死地而后快的用心。

宽慰自己,也是宽慰同僚。又吟出:

自知清彻原无愧,盍请长江鉴此心。

不当正三品的右侍郎,甘作四品知府的幕僚,其心叵测;"新丰主人莫相忽,人奴亦有封侯骨",分明嘲笑自己当过放牛娃;"小犬隔花空吠影,夜深宫禁有谁来?"探听宫闱秘事:其罪当诛。腰斩八段,弃尸荒野。

彤云密布,北风呼啸,雪下得紧。

登基以来,朱元璋好些年没有嗅到血腥味,今天亲自来到大校场监斩,也算过一下嗜血的瘾。

看看天下谁还敢有不臣之心?还有哪个大臣敢于结党蓄势?还有哪个士大夫敢于嘲弄君王?

"普天之下,莫非王土;率土之滨,莫非王臣。"说得多好。朱元璋看着倒地的尸体和被鲜血浸透的雪地,笑了,怪怪的。

原载《中国乡土文学》2015年第四期

高启(1336—1374),字季迪,别号青丘子,元末明初平江路(明改苏州府)长洲县(今苏州)人,明初十才子之一。因开罪明太祖,以魏观案累文字狱,被处腰斩。

一出戏所造就的

——《十五贯》·况公祠：能吏况钟

先贤祠，或者名宦祠，苏州，闹中取静的阔巷。作为标本留存着——文物保护单位。

门头上，匾额："况公祠"；入内，享堂，坐北朝南，戏台，坐南朝北。歆享牲礼香火的况大人，可以醺醺然欣赏渲染自己政绩的传奇《十五贯》。

遗憾的是，少了塑像、神主、香案；少了惊堂木、签筒、案牍。

只是，庭院走廊的铭牌，介绍着祠主的平生，寥寥数语。

置郡县以来，姑苏有过多少州牧、方伯、使君、太守、刺史、知府、四品黄堂，也许最为翔实完备的府志都未必能交代清楚。

我不能，也不想去历数、搜寻，去撰写一本《苏州知府》。

年来年去桃花汛，送旧迎新接官亭。多少生祠、万民伞、功德碑，——府台大人的，能在时光里留存？

浪淘尽，千古英雄、非英雄人物。

况大人，你奇迹般留存在《明史》中，洋洋洒洒一整篇。

况大人，你以贤宦的身份，居于政治人物一群。白太傅、刘宾客，只是作为文学侍从之臣，被边缘化了，韦太守连"新、旧唐书"都未沾边，被遗忘了。

打开历史的黄卷,审视:

你——

品性:勤勉、恭谨、干练、缜密;

行事:体察上意,理顺人脉,处处留心。

良臣,循吏。

你——

出身:从山村走出来,体味民生艰难;

吏途:从地方到朝廷,熟谙官场积弊。

草根,能吏。

你——

理政:惩猾吏,抑豪强,除积弊,政明风清;

理民:奖农耕,兴水利,均徭役,舒解民困。

清官,酷吏。

"十年一觉"留给你的不是苏州梦,而是在民间口口相传的野史故事:不属于你的,或者未必属于你的。

说故事的明代书生冯梦龙,撷拾了一则《况太守断死孩儿》,写在《警世通言》里,不过,你,只是配角,戏份太薄。

多少年后,清代,另一个说故事的,朱素臣,找出《十五贯戏言成巧祸》①,移花接木,你,在院本里,成了一哥。

多少年后,共和国初期,另一个说故事的,陈静,从传奇中捞出了你,赋予你圣贤的仁慈,勇者的胆识,神明的睿智。

是你吗?

如果,再有一次堂会,一次"小剧场"演出,况太守,还能从《十五贯》中认出你自己吗?

---

① 见冯梦龙《醒世恒言》,故事发生在宋代杭州,与况钟无关。

一出戏不止"救活了一个剧种"①,还造就了一个人:符合人们口味的。

原载《中国乡土文学》2015年第四期

况钟(1383—1442),字伯律,号龙冈,又号如愚。江西靖安人。明永乐四年(1406)任靖安县礼曹。十三年,由礼部尚书吕震推荐,任礼部仪制清吏司主事。二十一年升本司郎中。宣德五年(1430)以尚书蹇义等人推荐任苏州知府。时苏州府赋役繁重,很难治理。况钟为人处事刚正廉洁,不慑于权势,不畏于强暴,开始大力整顿吏治,惩治贪官污吏。与应天巡抚周忱合作,减苏州府税粮,建造义仓,均徭役,免军户,招复流民,兴修水利。后人誉之为"况青天"。

---

① 浙江昆苏剧团改编演出《十五贯》后,1956年5月18日,《人民日报》发表题为《从"一出戏救活一个剧种"谈起》的社论。

没有情节性的经典故事

——一代画宗：沈周

我梦见——

编辑来约写一篇《沈周的故事》。乡里前贤，事迹心里有数，就应承下来，但想了好一阵，觉得无从落笔。

沈周该是一位最没有故事的艺术家，尽管名望很高，"明四家"之首、"吴门画派"的奠基人，任何一本《中国美术史》都不能绕过；尽管一幅《松窗高士》，五年前，九歌艺术品拍卖公司就拍出一亿五千多万元的高价。

沈周，似乎比不上前人，曹不兴，画龙，就能招来云雨；张僧繇，点睛，画就的龙，破壁而飞。

一个凡庸、扼杀想象、无法生产志怪魔幻故事的时代，又有谁能为他的画赋予种种神奇的色彩？

沈周，似乎还不如他的弟子：唐寅、文徵明、仇英。绝意功名，就没有科场作弊入狱的平地风波，就没有妻子离去的命运坎坷；绝意仕进，就没有充任翰林院待诏而又怏怏而去的失落；绝意脂粉，就没有"点秋香""九美图"的离奇绯闻；就不致被曹雪芹派去画《汉宫春晓》，悬挂于秦可卿的闺房之中。

一个以青山绿水为侣、烟霞为餐的高士，能演绎出怎样的故事？

我醒来——

不用交"作文",轻松。但觉得梦给我启示,于是兴致勃勃地在野史、笔记、正史、碑记中搜寻。

逸事轶闻倒是不少,但能够拿住人的,具有戏剧性元素,大起大落的,似乎寥寥。

仅见的,可以挑出来看看的,是他和苏州知府的对手戏。

知府,征召画工为府衙装饰墙壁,沈周也在征召之列。是索画不得的差役的留难,是同行嫉妒的挑唆,还是师爷们对新来大人的提弄?《明史·沈周传》没有著录。

学生,血气方刚,愤愤不平。有的提出:"老师名重天下,怎么能从事如此贱业,和上面打个招呼免了吧。"沈周,神定气闲,淡淡地说:"连秀才都不是,为官府服劳役,是子民的本分,找贵人发话求免,才是犯贱。"

是日,沈周,短衣衫,匠人打扮,来到府衙。站在梯上,于楹庑之间从容挥洒,一如其俯身在画案上,于宣纸之上笔走龙蛇。

是述职,见招,还是买官,跑官?

不得而知,总之,苏州太守来到京都。

先到吏部,部里官员问;"沈先生身体可好?"不明白是哪一位沈先生,知府只能含含糊糊地回一声:"无恙。"

再到内阁,大学士、宰相李东阳问:"沈先生可曾要你捎书信来?"知府只能随机应变,说:"卑职走得匆促,沈先生没来得及写。"

沈先生,何方神圣,竟然能烦动公卿垂问?于是去往苏州籍的侍郎吴宽家打听。

弄明白了,沈先生,就是在府衙壁上作画的匠人。知府戚戚然、惶惶然、惴惴然、失魂落魄……

片言只语,一封信,就要撂了自己的乌纱。

去相城宅里沈府,备上一份厚礼,觐见乡贤,请罪赔礼。

相见,沈先生淡然一笑,依然神定气闲。水陆兼程,知府大人为了赶路,顾不上用早餐,如今,只能放下脸,请沈先生赐饭。

这是《儒林外史》婉而多讽的冷幽默,还是《官场现形记》凌厉泼辣的热讽刺?

我沉思——

记得文学理论书上的定义:故事,是通过叙述方式,讲述的一个带有寓意的事件。所谓寓意是社会文化传统和价值观念的体现。

太守姓甚名谁,留给考据学家于典籍方志中去求证,留给新媒体人去"人肉搜索"。

洪武以降,苏州多少文人、画家,莫明地走向死亡,王蒙、陈汝言、张羽、杨基、赵原、高启……

奉亲侍老,守着"父母在,不远游"的儒家古训。守住自己的一方艺术天地,以至柔去克至刚。

漱石枕流,静听天籁,优游田园之间;神接古人,俯仰自得,与天地往来。

自在自足的襟怀,才能出入宋元名家,承董源、巨然、元四家、黄公望、王蒙之林薮,成一代画宗,才能形成严谨秀丽、沉着洗练、内藏筋骨的绝代艺风。

悟出了最没有情节性故事的经典意义。

我怡然、陶然……

沈周(1427—1509),书画家、诗人。字启南,号石田、白石翁、玉田生、有居竹居主人等。汉族,长洲(今江苏苏州)人。不应科举,专事诗文、书画,是明代中期文人画"吴派"的开创者,与文徵明、唐寅、仇英并称"明四家"。传世作品有《庐山高图》《秋林话旧图》《沧州趣图》。著有《石田集》《客座新闻》。

归去来后的墨客
——王鏊：有所思

山中无历日，礼部颁发的皇历，早不知放到哪里的书堆里了。

太湖边的芦芽，嵩峰山头的白云，堂前的紫薇花树，床下鸣叫的蟋蟀，都会告诉我。

不用赶着在鸡鸣时分去早朝，匍匐着，在聆听圣音之后，谢恩，再直起腰；不用再周旋在公卿之间，拜谒、宴请、酬答、奉和。与田父野老话旧，走在田埂上，坐在茅舍边，把酒话桑麻；与几位故旧乡贤、弟子门生沈周、唐寅、文徵明，品茗话艺，抹几幅丹青。

逍遥复逍遥，庙堂的声音，是那样远又是那样近，是那样模糊又是那样清晰，处江湖之远，还是难忘那过往的岁月，武英殿阶上留下的屐痕。

从山村走出去，顺着小路、驿道、水程，沿着科第的台阶爬上去，差一点就大魁天下。紫薇花对紫薇郎，翰林院的白昼如此悠长，个我像金钟、大镛陈列在宗庙的廊庑之间。

早就怀念故郡的山水，"不见毛贞甫，四十挂朝帻"，爵位没有什么可留恋的。看着内监口含天宪，恣意妄为，看着一个个官员，受凌辱，被屠杀，被朝杖，不如赋一曲"归去来"。

密密麻麻的字行——起居注、奏章、案牍，理成了宪、孝两朝的实录,窥见了洪武、永乐直到弘治、正德弥散的血风腥雨,君臣父子、冠冕道德下的盗贼行径。

像董狐、像司马迁,像一切孤臣孽子,捶胸剖心,用个人所见到所经历的小历史,补正官史的大篇章。

《春秋词命》《震泽纪闻》《震泽长语》《震泽文集》《山居杂著》,一叠叠的书稿,放置在西窗的案几上,是一个被称为"山中宰相"的独语。

唤取红巾翠袖,弹一曲《平沙落雁》,可是弦断有谁听。

原载《中国乡土文学》2015年第五、六期

王鏊(1450—1524),明代名臣、文学家。字济之,号守溪,晚号拙叟,学者称震泽先生,吴县(今江苏苏州)人。十六岁时国子监诸生即传诵其文,成化十一年(1475)进士。授编修,弘治时历侍讲学士,充讲官,擢吏部右侍郎,正德初进户部尚书、文渊阁大学士。博学有识鉴,著有《姑苏志》《震泽集》《震泽纪闻》《震泽长语》等。

唐寅：难得轻狂

"黄金榜上，偶失龙头望"，不，该是"永失"，不仅是失去了当"龙头"的希望，还下了诏狱，革除功名，重为布衣。

院试第一，秋闱连捷，举城若狂。

"新科解元唐老爷回来了！"

航船还没在码头停定，亲朋乡党，纷纷跳上船来拿行李。连德高望重的府学教谕也被惊动，亲自到唐府拜访。"此子有望"的赞叹，"世兄""老爷""解元公"，有点刺耳的称呼在转不过身的堂屋里回响。

青紫，草芥耳，拾起来毫不吃力。唐伯虎凭着文章，管不定就是下科的会元、状元。"三元及第"——苏州人为他做着中国士子最佳的梦。去北京前的那天早上，妻子喜滋滋地告诉他：凤冠霞帔，诰命夫人，子孙满堂，姬妾使女簇拥着——一个属于自己的梦。

科场案——买题，牵连进去，一切化为泡影。

骂詈声中，妻子带走了她自己永远的梦。

唐寅又重新回到了原点，但也难续旧梦。

一坡黄土，几间草庐，还有那易得凋零的桃林，成就了新的精神家园。

桃花庵前，花开似锦。

祝枝山、文徵明,还有另外几个朋友,曲径流觞,重复着书圣兰亭当年的宴饮。杯子飘到唐寅身边,走神的他,竟让杯子飘走了。

"子畏,该罚以金谷酒数,还得罚诗。"祝枝山不依不饶。

于是唐寅吟起了:

花前花后日复日,酒醉酒醒年复年。
半醉半醒日复日,花落花开年复年。
但愿老死花酒间,不愿鞠躬车马前。

饮了一杯,再吟下去:

车尘马足显者事,酒盏花枝隐士缘。
若将显者比隐士,一在平地一在天。
若将花酒比车马,彼何碌碌我何闲。

连饮两杯,大笑狂歌,唱起来了:

别人笑我太疯癫,我笑他人看不穿。
不见五陵豪杰墓,无花无酒锄作田。

苏州少了个新科状元,少了个公卿大夫;多了个浪子,多了个"江南第一风流才子"。

艺坛少了几篇道德文章,少了几首颂圣诗篇;多了几阕偎红倚翠的词曲,多了几幅"海棠春睡"的画张。

说不尽的故事,化为小说,化为评弹,化为电视剧,《九美图》《点秋香》,但有谁知道唐伯虎内心的苦楚。

桃花庵——唐寅故居,化为历史文化景点,修缮一新。

四月,桃花怒放着,灼灼如火,似乎蔑视着远方前来寻觅遗踪的游客。其实桃树也是新栽的,如同这里的一切。

原载《散文诗世界》2012年第八期,[美]《常青藤》诗刊2013年第十五期,《中国乡土文学》2015年第五、六期唐寅(1470—1523),字伯虎,一字子畏,号六如居士、桃花庵主。据传于明宪宗成化六年庚寅年寅月寅日寅时生,故名唐寅。吴县(今江苏苏州)人。他玩世不恭而又才气横溢,诗文擅名,与祝允明、文徵明、徐祯卿并称"江南四才子"。其画名更著,与沈周、文徵明、仇英并称"吴门四家"。

求名而得名，有何憾

——狂士徐渭

灵魂，少了羁绊，离开肉体，大轻松。

徐渭回过头，看了看躺在稻草铺上的自己：衣衫褴褛，身躯佝偻，面色青白，瘦削得失去人形，不由失笑。这难道是自己？

精魂徐渭，铮铮七尺，玉树临风，穷态、病态、老态、阿世谀俗的媚态、玩世不恭的狂态，一扫而空。

从此不再为瓶无积粟，灶无积薪，无以为食而担忧；从此不必奔走权门，俯仰由人，蝇营狗苟而活着，感到一种从未有过的大欢喜。

灵魂，少了羁绊，离开肉体，大轻松。

"捐馆舍"，死亡，委婉的说法。早就没有"馆舍"可捐。赁屋而居，青藤书屋，不过是纸上云烟；"天池生"，不过是对老屋中庭水池永久的忆念，赤条条一个来去无牵挂。

"贪者"，贪财的人为财而死；"烈士"，重义轻生的人为名而献身；"夸者"，矜夸而贪图权势的人为争权而丧生；"众庶"，平头百姓则贪生而恶死。贾谊说过。

毁灭，还是生存，困扰过古今无数哲人，也困扰着自己，在屈辱与名誉选择面前。清醒时，写下："自死孰与人死之？"狂疾时，拔下墙上铁钉,三寸多,放到左耳孔里,倒向地面,撞钉入孔,疮血迸射,不死。再变换种种方式去死。

自虐中找到快意,快意中找回自尊,自尊中得到喜欢,"九死其未悔"。

精魂徐渭,诡秘地笑了,他满足于自己的惊世骇俗。

灵魂,少了羁绊,离开肉体,大轻松。

"归道山",死亡,委婉的说法。挽联,也许会用上,其实不如打入柱死城、铁围山那样直白。道山,山在虚无缥缈间,且在这栖身有年的陋室里,历数平生。

循着修身立命的路走:秀才—举人—进士;梦。永久的生员。乡试,八次落第。

寻找别样的途径:记室,就是当秘书,在胡帅府中。信札、写给自己憎恶的权臣严嵩、赵文华;露布,张扬未必有的胜利;献颂,致以无从仰望到的皇上。《献白鹿表》:"《洛书》河献,舟山麟见,海晏河清,天子万年。"多少年隐身不见朝臣的嘉靖皇帝,读了又读,御笔勾出警句,要翰林院编修工笔敬录。表文顿时名重洛下,纸贵燕京。胡帅,武略之外,还有文韬。不过士人间窃窃私语:捉刀者,绍兴下第秀才徐渭也。

用他样的方式显示才情:《四声猿》,开南曲先声,为昆曲登场张目,"村坊之音"登殿堂,钧天广乐奏洞庭。

笔墨乾坤,单色调的墨团,何尝不是五彩缤纷的世界?干、湿、浓、淡、焦,如果再加上纸的洁白,不就是天然的六色?管城君——径尺不到的身躯,寸许的笔颖,在丈余的长幅上驰驱:积墨、破墨、胶墨、接墨,成就了竹石、草虫、水淋淋的葡萄、徜徉山水的高人、九段墨花、十二段泼墨。

想起自己很得意的一首诗:

冬烂芭蕉春一芽,隔墙自笑老梅花。

世间好事谁兼得?吃尽鱼儿又拣虾。

题在《芭蕉梅花图轴》上的,起身去找。家徒四壁,书、画,早换了酒,只剩下权作枕头的几本破书。

　　精魂徐渭,怅然苦笑,从亢奋转向沉静,坐下,没有椅凳,只能坐在稻草铺上,陪着灵魂飞走的身躯。

　　灵魂,少了羁绊,离开肉体,大轻松。

　　"羽化"和"乘鹤西去",是死亡委婉的说法。不是修道的,不会有那么幸运。大儿子反目,二儿子远在宣化军中。送殡的丧仪中想必不会有一只纸鹤陪同,尽管是纸扎的,倒不如说"挺尸"干脆。

　　看一下,脸朝着屋脊仰着,笔挺的自己,不由笑了。冬天,身子总是蜷曲着;夏天,身子总是张成一个"大"字。

　　余岂好名者也,余为不得已也!

　　官宦世家,可惜是庶出,不,是丫头养的,没有收房的丫头养的。生母没有留下名字,连姓也弄不明白,徐门"某"氏,只能跟着大娘姓"苗"。

　　十岁时,生母被逐出家门。到自己二十九岁时,才被接回来供养。

　　煊赫,荣亲,光耀门庭,都是奢望,只想能活得像个人样。

　　倨傲,狂放,像李白一样,"天子呼来不上船",是炒作,多想有人提挈,平步青云。

　　哪怕片楮只纸都留着,藏之名山,传之其人。百年而后,千年而后,总会有理解自己的人吧?

　　整理文稿,自费出版。向旧主人——风云塞上的名将李如松乞讨,求来人参十来斤,变换后,印自己的诗文集。稻草铺上,做枕头的一叠,就是未必完全的《徐文长集》和《阙编》。

　　毛边纸,字像浮在上面,墨,有点臭味。枕在头下好些年,嗅出来的,如今是自己头上的汗味。

　　精魂徐渭,想探身去打开书卷,再看一次。却怎么也掀不开。

　　悟到了,已经是精魂了。有大喜欢,也有大悲哀。不用为衣食操劳,但再也不能赋诗、作画,再也不能饮酒、狂歌,再也不能造势去求得名声。

大轻松,复归于大悲戚。

灵魂,少了羁绊,离开肉体,大轻松。

"恐修名之不立兮,老冉冉兮将至。""老"不再是"将至",而是已至了。——绍兴人讳言"死"而称之为"老",鲁迅在小说《祝福》中提到过。

"老"了的徐渭,不想涉过忘川,不想踏过奈何桥,还在绍兴古城里游荡,他想看看会不会有知音——异样的人们。

五年后,万历二十六年。袁宏道,从吴县县令的位置上卸职,来到绍兴。

小斋外,秋月朗照,书房里,银烛高烧。袁宏道抽身来到书架前,顺手翻起一本怪模怪样的书,看了一下书名:《阙编》:"恶楮毛书,烟煤败墨,微有字形。"就着烛光读下去,读了几首便跳了起来,急呼主人:"《阙编》,何人作者?今人,还是古人?"主人陶君望龄说:"这是乡先辈徐天池的著作。先生名渭,字文长,嘉靖、隆庆年间的人,前五六年刚过世。画轴标签上题名田水月的,就是此人。"

想起,年轻时在湖北书肆中看过的杂剧《四声猿》,"意气豪达",署名天池生,疑为元人。想起,到浙东,见人家条幅上题田水月,"强心铁骨",磊落不平之气,宛宛可见。剧、字、画、诗、人,如今融成一片。袁宏道,顿时大快。

"两人跃起,灯影下,读复叫,叫复读,童仆睡者皆惊醒。"

袁宏道成了徐渭的铁杆粉丝,与人交谈或写信,都为徐文长先生点赞,为有明以来第一人;一旦有人来看望自己,他就拿出徐文长的诗和客人一起读。袁宏道官职不高,但为"公安派"领袖,名重天下。从此,天下名公巨匠,渐渐知道徐渭,仰慕其才情。

万历十一年,陶作、袁撰的《徐文长传》问世,同年,经陶宝龄和徐渭学生整理、补遗后的《徐文长三集》出版。

79

三十一年后,万历四十二年,杭州出了盗版,题名《徐文长全集》,号称"袁中郎点评"本。

三十五年后,万历四十六年,徐氏弟子、朋友,为了打击盗版,以正视听,重整旧版,改名《徐文长集原版》又出,在"序言"中表态:"袁氏评点本",系宵小伪作。

六十年后,读了徐渭书画,八大山人,开始了水墨大写意。

一百二十年后,刻章,扬州八怪郑板桥:"青藤门下走狗"。青藤,徐渭别号。

三百多年后,赋诗明志,齐白石:"青藤雪个远凡胎,缶老衰年别有才。我欲九原为走狗,三家门下轮转来。"雪个,八大山人别号;缶老,吴昌硕别号。

精魂徐渭,也许耐不住这么多年游荡,六道轮回,该经历多遍了吧。

那画风近于青藤的孩子,沉迷于徐渭的画作,在博物馆里,久久端详。

看过去,侧影好像啊。

会是他的后身吗?我痴痴地想。

徐渭(1521—1593),明朝绍兴府山阴(今浙江绍兴)人。字文长,号青藤老人、青藤道士、天池生、天池山人、田水月。文学家、书画家、戏曲家。出身官绅家庭,其生母为陪嫁丫头,由主母苗氏抚养成人。曾担任胡宗宪幕僚,胡宗宪下狱后,徐渭在忧惧发狂之下自杀九次不死。后因杀继妻下狱,被囚七年,得张元忭等好友救免。此后南游金陵,北走上谷,纵观边塞,常慷慨悲歌。晚年非常贫苦,藏书数千卷变卖殆尽,有《南词叙录》、杂剧《四声猿》及文集传世。

古代的故事人
——多面冯梦龙

莫言讲自己是一个故事人,诺贝尔文学奖颁奖演说辞也是在说故事。

让这位现代中国故事人走向领奖台的推手马悦然,还曾发现另一个古代东方的故事人——冯梦龙。"欧洲人最早接触中国文学是《三言》。欧洲人知道冯梦龙比曹雪芹早了好几十年。可惜中国古代对这位通俗文学大家很不重视。"他说。

天启七年,公元该是1627年,春天,黄昏的太阳晒在一位已经不算年轻士子的背上,人影拉得很长。他紧赶慢赶,天黑以前,得从城西山塘街回到城东葑门。雇顶轿子得耗费几分银子。从叶敬池堂书坊刚领得十来两纹银的润笔,但日子还长着呢。行走花街柳巷,哪能囊中空空,过一阵该是冯爱生的生日,得送点绫罗绸缎、胭脂花粉去。

走累了,就在街边茶摊长凳坐下。略略闭一下眼,自己小说——《喻世明言》《警世通言》《醒世恒言》中的人物纷至沓来,妓女、少妇、侠客、义士、贩夫、走卒、商贾、帝王、将相、才子、佳人、神仙、鬼怪,时隐时现,幻化着,各各演绎着属于自己的声情并茂的故事。

是白日梦,还是人物向给予自己艺术生命的主人告别?

冯梦龙醒了,盘算起该怎样变换着花样讲故事。

转换方式讲,从话本转到笔记小品:《智囊》《情史》《谈概》《笑府》,——智慧故事、情爱故事、讽刺故事、诙谐故事。

转换形式讲,从短打到长靠,去演义历史,从盘古开天辟地到东周列国、直到国朝的三遂平妖,从男士的金戈铁马到闺秀的雪月风花。

从纸本到舞台,轻捻慢拢的琵琶和着呖呖莺声,让人物去表演自己的故事。

名教罪人,卫道士?深通经学的教谕,三家村的冬烘学究?秉笔直书的史臣,以野史故事耸人视听的写手?"游戏烟花里"的情教教主,尊重女性,惠爱子民的父母官?百无一用的书生,回天无力的忠臣义士?以诗文见长,广揽时誉的贡生,用时调俚曲蛊惑后生的轻薄人?

写小说,是为了银子,但也是为了"资治体,助名教",为了收到宣传效果,得寓教于乐,要能"供笑谈,广见闻",使"怯者勇,淫者贞,薄者敦,顽钝者汗下",可以触动一切灵魂不洁者的神经末梢。小说的作用在《论语》《孝经》之上。

写小说,要追求"事真""理真""情真",冷酷的现实,远胜于儒家脉脉温情的说教。

一个"真"字,让冯梦龙不能不展示出血肉淋漓的人生图画。

冯梦龙,多面的人生,但每一面都是真诚的自我。

《苏州府志》留下他光泽四射的一面:

冯梦龙,字犹龙,才情跌宕,诗文丽藻,尤明经学。崇祯时,以贡选寿宁知县。

其他面呢?在渔樵闲话、稗官野史之中,在他的小说之中、在歌谣集《挂枝儿》《山歌》之中。

读懂了古代的故事人,也许会帮你懂得当下的——

故事人。

原载《中国乡土文学》2015年第五、六期,《苏州日报》2015年11月14日冯梦龙(1574—1646)，明代文学家、戏曲家。字犹龙，又字公鱼、子犹、耳犹，号龙子犹、墨憨斋主人、吴下词奴、姑苏词奴、前周柱史、顾曲散人、绿天馆主人等。南直隶苏州府长洲县(今江苏苏州)人，屡考科举不中，落魄奔走，以坐馆教书和卖文为生。晚年以贡生任寿宁知县。他的作品比较强调感情和行为，最有名的作品为《喻世明言》《警世通言》《醒世恒言》，合称"三言"，"三言"与凌濛初的《初刻拍案惊奇》《二刻拍案惊奇》合称"三言两拍"，是中国白话短篇小说的经典代表。另著有长篇历史演义、传奇和搜集整理的民歌集《挂枝儿》《山歌》。

"梦"的诗意阐释
——祈梦、留梦与造梦：张岱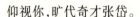

　　仰视你，旷代奇才张岱。

　　从密密匝匝文字丛隙缝里去看你，从书写的奇闻逸事中去想象你。

　　如果是雕塑师，该选择怎样的材料再现你？大理石，青铜，汉白玉，玻璃钢，抑或普普通通的泥——阳羡陶土、阳山白泥？

　　太多的渲染，太厚的涂层。且看人们的赠谥美显：绝世散文家，诗人，词人，曲家，又是园林家，音乐家，书法家，收藏家，美食家，还有孤臣，孽子，拯贫济弱的义士，"补天"无奈的勇夫，力挽天河于既倒的猛客。

　　还有另一种不同的声音：魏晋风度，风尘倦客，绝代玩主，在人生的尽头捕捉自己的梦影，留下属于个我的忏悔者——繁华落尽而得的真淳。

　　选择哪种材料去雕塑你的身躯，彰显出你不二的精魂？我沉思。

　　走向你，陶庵先生。

　　从"梦"的隧道走向你，将你的"梦忆"打造成驰道，驾着"梦"的马车，时而优游，时而顾还，时而驰骋。

　　伴同着总角之年的你，去南镇寺庙觐见梦神。

——是令人乏味的渺渺真人、茫茫大士,还是姑射山走出的晶莹如雪如玉的警幻仙子?车儿快快地走,马儿慢慢地行,健仆、俊童、美婢,笙箫、锣鼓、唢呐;山阴道上,用世俗的情怀、奢华打造成应接不暇的风景。

——献祭如仪。祭文,洋洋洒洒。骈四俪六,声情并茂。是让神灵窥见公子才情,赐予甜美的梦,酣畅的梦,长醉不醒的梦,还是苦涩的梦,命运多舛的梦,谜一般参不透、弄不明的梦?

——"功名志切,故搔首而问天;祈祷心坚,故举首以抢地"①。我希望能像苏子泛舟赤壁见到的孤鹤,掠夜空而高翔,侪身公卿,致君于尧舜,拯万民于水火。

神默然,夜无梦。

走近你,宗子先生。

顺着"梦"的驿道,以风为马,穿越三百多年的时空港奔向你,在"梦寻"建成的场圃里,把臂而行,指点湖上河山。

不堪回首的故国,晴天丽日下。你向我述说梦里留存的西湖,要我从断桥望过去,想见那昔日之歌楼舞榭,弱柳夭桃,观赏已化为瓦砾地的涌金门、商氏的楼外楼、祁家的偶居、余姓的别墅,还有你张门的寄园。

宗子的梦,不同于大唐翰林供奉李白的梦,游天姥,"如神女名姝,梦所未见,其梦也幻"。梦西湖,"梦所故有,其梦也真。"②忆梦怀旧,写梦存真。

梦仍旧,世已非。

逼视你,长公张先生。

---

① 张岱:《南镇祈梦》,《陶庵梦忆·西湘梦寻》,上海古籍出版社2001年版,第40页。

② 张岱:《西湖梦寻·自序》,《陶庵梦忆·西湘梦寻》,上海古籍出版社2001年版。

沿着"梦"的栈桥，一步步走进"梦"的家园，在陋室里，见到白发萧然的你。

锦衣纨绔，饫甘餍肥。旨酒、名茶，养成你世间辨别力最强的味蕾，一杯白水，也能道出源于何泉，出于何方，而今却"身任杵臼劳，百杵两歇息"①。

曲有误，"张"郎顾。氍毹之上，成就一段粉墨春秋。执檀板的手，匀脂粉的手，而今却要躬耕田亩；嗅篆香、品芸香的鼻，而今却要闻粪臭，独个儿担粪，终于悟出"日久粪自香，为农复何恨？"②

梦已残，人依旧。

梦，氤氲；梦，漫溃。旧梦演绎出新梦，新梦追逐着旧梦。

梦，构建了你的心防，披发入山，守着故国衣冠。

梦，让你懂得人生的价值。有限的人生，既可以尽兴消费，追逐声色；有限的人生，也可以用来换取生命的最大值。

梦，铸就你的独特人生。《石匮书》《石匮书后集》《琅嬛文集》《陶庵梦忆》《西湖梦寻》，用文字营建出属于你自己的思想库。

梦，使你找到最佳的长眠地：项里，鸡鸣山中。伴同你的，该是那倾覆强秦的壮士项羽，应和你长吟的，该是那如晦风雨中的鸡鸣。

原载《中国乡土文学》2015年第五六期

---

① 张岱：《春米》，《张岱诗文集》卷二，上海古籍出版社2014年版，第43页。
② 张岱：《担粪》，《张岱诗文集》卷二，上海古籍出版社2014年版，第44页。

张岱(1597—1686?),又名维城,字宗子,又字石公,号陶庵、天孙,别号蝶庵居士,晚号六休居士,山阴(今浙江绍兴)人。明末清初文学家,散文家、史学家,还是一位精于茶艺鉴赏的行家。是公认成就最高的明代文学家,其最擅散文。他的散文语言清新活泼,形象生动,广览简取,《西湖七月半》、《湖心亭看雪》是他的代表作。著有《琅嬛文集》《陶庵梦忆》《西湖梦寻》《夜航船》《三不朽图赞》等绝代文学名著,另有史学名著《石匮书》亦为其代表作,李长祥以为"当今史学,无逾陶庵"。

活在梦里

——金圣叹

你太凄清,你太惨烈,你也太冤屈。你什么时候造过反?什么时候想过造反?悬首在南京三山街上,妻子和儿女流放到黑龙江省的宁古塔,难道是你想象得到的吗?"于无意中得之",像是中了头彩。

你太聪明,你太狡诈,你也太会骗人。用笔腰斩了《水浒》,换上一个"梦"的尾巴,逗人想象的梦。你骗了同代人、后代人,"金本""贯华堂真本",直到按这个本子翻印的现在"中学生课外必读书"——《水浒》,不都是出自你的手?《西厢记》到《惊梦》为止,戛然作结,留下一个耐寻味的结尾有多好!也许你是不想过分伤害相国千金的心,还是让她圆了终成眷属的美梦。你用梦结束一代江湖好汉的命运,你用梦结束了一对痴情男女的命运。等待他们的是梦,等着你的又何尝不是梦?

你用自己的手编织着属于自己的梦,制造了一个个惊世骇俗的故事。功名场上进进出出。你中了秀才,又丢了秀才,改名换姓又捞回个秀才。你鄙薄八股,用八股文编制种种笑料;你用八股的章法、笔法去批心目中的经典。

你有没有想过文章华国,顺着科举的阶梯爬上去,置身公卿之列,济天下苍生于水火之中?你沉醉的是诗酒风流,像张翰那样,张旭那样,唐寅那样,李贽那样,徐渭那样,游离于礼法、世俗之间,风流自赏,在中世纪的专制制度下,全身养性。

你何尝不想平地青云?在春天里做着皇帝下诏宣见的梦,"此是古文高手,莫以时文眼看他",飘来的"天语",弄得你感激涕零。"忽承帝里来知己,传道臣名达圣人。""万卷秘书摊禄阁,一朝大事属文园。"① 即使做个文学侍从之臣,也胜过草莽间的一生。

你何尝想到会因为一场哭庙而葬身破家?秀才闹事,游戏,重复过多次的游戏。陷身文网,在刀铖之下,还幻想着北来的赦书。梦,本能的,求生的梦,圣主怜才的梦?

你何尝想到你的身后,咒骂,哀荣,被利用?"东西南北海天疏,万里来寻圣叹书"②。死有应得,但死非其罪,如"诛邪鬼",出自同在吴中文士归庄的口;阳山下,十八人祠庙,是对你的悲悯;多少年以后,评《水浒》的一场闹剧③,又起你于地下,作靶子,还是作护法神;又多少年以后,你的评点成了绝学,可以作研究课题,可以写博士论文。

原载《中国乡土文学》2015年第五、六期

金圣叹(1608—1661),原姓张,名采,后改名人瑞,字若采。明末清初南直隶(清改江南省)苏州府长洲县(今江苏苏州)人。明诸生。志在评点中国文学经典名著。后因哭庙案被处死。

---

① 金圣叹《春感八首·小序》:"顺治庚子正月,邵子兰雪从独门归,口述皇上见某批才子书,谕词臣'此是古文高手,莫以时文眼看他'等语。……某感而涕下,因北向叩首敬献。"刘献途:《沉吟楼诗选》,上海古籍出版社1979年版,系据中国社会科学院文学研究所藏清抄本影印。

② 金圣叹:《临别又口号遍谢弥天大(疑"下")》人谬知我者》。

③ 1975年8月14日,毛泽东在与芦荻的谈话中指出:《水浒》只反贪官,不反皇帝。屏晁盖于一百零八人之外。宋江投降,搞修正主义,把晁的聚义厅改为忠义堂,让人招安了。宋江同高俅的斗争,是地主阶级内部这一派反对那一派的斗争。宋江投降了,就去打方腊。这支农民起义队伍的领袖不好,投降。李逵、吴用、阮小二、阮小五、阮小七是好的,不愿意投降。(《建国以来毛泽东文稿》,中央文献出版社1998年版,第13册,第457页)

行 路 难

——京都行:吴梅村

　　行行重行行。一叶扁舟,载着文坛祭酒吴梅村,飘过长江,沿着运河,涉淮河、越黄河、历济水,经临清、任丘,来到天子脚下。

　　启程——秋尽江南,微雪初度,柳叶未脱;抵达——冬临燕山,冰封千里,野旷人杳。

　　两千多里,天遥地远,但奉诏面圣的臣仆,水陆兼程,只是不多的几天,更不必说递送"八百里加急"的驿使。纵然是寄情山水的徐霞客、大家闺秀林黛玉。江南至北京,也只耗了个把月,可梅村之行却用了几倍、十几倍的时间,比起他人。

　　行行重行行。荞麦青青,扬州,还有什么值得观赏?"十载西风空白骨",史相国死守扬州,已成旧事,虽还不到八年;"廿桥明月自朱楼",秦楼楚馆自又明月朗照、艳帜高张。"紫驼人去琼花苑,青冢魂归锦缆船"。离去,绝色女子随着鞑子兵的紫驼。归来,佳人的幽魂随着南行船。

　　来到淮阴侯故地,韩信,一饭之恩尚且图报;自己仕明二十年,君辱臣死,总该肝脑涂地,但死节并非如此轻飘,父母、妻孥、家业,哪一件舍割得下?草间偷活,想保全名节,与世无争,了此一生,但终不可得,怪谁呢？

"扁舟萧索知无计"，中断航程，折归故里，家人已成人质，只能朝着京城，一点一点地前行。

行行重行行。济北严冰，舟中独酌；临清大雪，短褐疲驴堤上行。心中惦记着家园小窗外那株梅花，"南枝开放北枝寒"，兴许还没有尽放吧？

两年，征召五次，强令就范。一介书生，弱不胜衣，为什么不能放过？

宫阙在望，他抱着最后一点希冀，再一次乞求当年同朝的老友援手，能让自己"白衣宣至白衣还"。

旧朝同列举荐，皇上召见，他最终完成了身份转变。由明崇祯朝的南京国子监司业、弘光朝的少詹事，化身而为清顺治朝的国子监祭酒。官秩还是四品。

朝觐，献上歌功颂德的应制诗。战战兢兢地活着，再不见当年会元、榜眼，春风得意簪花饮酒；再不见，拍案而起，草章抨击权相的少年豪情。

行行重行行。京中三年，母丧守制放还，似乎重新回到原点。

十五年后，苏州灵岩山下多了一座新坟，碑石题款："诗人吴梅村之墓"。一生心事在诗中。

行行重行行，诗人走完人生长途。

原载《中国乡土文学》2015年第五、六期

吴梅村(1609—1672)，江苏太仓人，名伟业，字骏公，梅村为其号，别署鹿樵生，崇祯会元、榜眼。顺治年间改仕清。明末清初著名诗人，长于七言歌行，初学"长庆体"，后自成新吟，后人称之为"梅村体"。

多买燕脂画牡丹

——从至雅到绝俗：李渔

明清换代改朝风涛业已平息,太平巷早就太平,三山街还留着微茫的血痕,——那是处决不省事的金圣叹留下的。

清晨,李渔走向浮白轩,拂开昨夜乘酒兴书下的:

矩令若霜严,看多士俯伏低徊,群嚣尽息;
襟期同月明,喜此地江山人物,一览无余。

这是为江南贡院标志性建筑明远楼撰写的抱联。

前一阵,两江总督的师爷,捎来口信,说:"大人素仰先生才情,有为明远楼撰书楹联一事相烦。"

听到这个吩咐,始而惶惑,受宠若惊;继而坦然,精心构想。

是命运的戏弄,还是造化的补偿?

抹平书幅,李渔再打量了一番,觉得布局、结体、运笔,没有什么大的瑕疵。

沉吟不语,无可告语,悠然自得,怃然若失。

联语写楼,写楼中人——主考、楼外人——考生,其实也是写自己。当年伫立在杭州贡院楼前,屏住呼吸,等着呼名,欠身领卷;心想着有朝一日,金榜题名,去楼上,目送飞鸿,睥睨众生。

早断了科第功名的热望,题联,平白惹起对过往的遐想。

从孙楚楼、孝侯台边来到秦淮河畔,从自家庭园来到芥子园书肆,不过咫尺之遥,且去店里打理。

数不清的头绪:创作,出版,印刷,发行,打击盗版;编剧、导演,培训、舞台调度;收款,催款,市场动向分析,经营方向决策;官场、文场、商场,官员、文友、诗朋、主顾,送往迎来。

道不明的身份:小说家、诗人、辞赋家、制联高手;剧作家、导演、班主;书店老总、畅销书策划人、出版家;书法家、画家、园林设计家;收藏家、烹饪大师、美食家。

游弋士林、艺林、商界、官场,滋润地活着,如鱼得水,成为独特的存在,标志着那个太平盛世。

著述等身,小说、传奇、艺术理论、杂著。多少年后,学者们耗尽心力编辑成《李渔全集》,一本又一本,码在书架上,是显示大师风范,还是笑看后生?

"穷而后工",宋代文人欧阳修宽慰自己好友时这样说;"国家不幸诗家幸,赋到沧桑句便工",清代诗人赵翼题前代诗家文集时这样写,显示出的是"苦难美学"。

西西弗斯那样,承受着苦难的煎熬,忍受;陀思妥耶夫斯基那样,记录,折射,诗意地转换心灵的痛苦。"苦难"成为慰藉人、鼓舞人,或者使人挣扎着活下去的生命力量;咀嚼"苦难",像品尝橄榄,成了享受。

能不能有另一种活法,欢乐地活着,或者说,能有另一种美学,"欢乐美学"?

经历试场失意的不公正待遇,承受国破家亡的大困大厄,目送亲朋过早地走向死亡,李渔选择了自己的活法,享受金钱的集聚和挥霍,唯美的艺术追求,取媚公众的创作走向。

"早知不入时人眼,多买燕脂画牡丹。"可李渔的画,还是李唐、马远、"元四家"的路数——扶疏萧散的修竹,傲视于人的墨梅。

金马玉堂春富贵,秦淮河畔应试的士子,从大山里来的,经里下河来的,过春风十里来的,自茅屋陋巷里来的,无不做着如斯的梦。

慰藉一下焦灼而又寂寥的心,李渔编织一个个胭脂金粉的梦:传奇《凤求凰》《玉搔头》……小说《觉世名言十二楼》《连城璧》《无声戏》……悲欢离合、跌宕起伏,终极是相同的:富贵寿考,妻妾成群,子孙满堂,白日飞升。

"一夫不笑是吾忧",让人们用浅笑、会心一笑、忘情的笑、哈哈大笑去忘却苦难。

辋川、临川、潼关、娘子关、君山、雁荡山,李十郎带领着李家班,在中原、关中巡回演出,走遍了三分之二个中国,献媚于你——封疆大臣、府台、县台、文坛祭酒、红顶商人……

大雨滂沱,骡车,承载着生、旦、净、丑、末艰难前去;骄阳似火,瘦马,承载着老去的名士,忳忳而行。

演出中,李渔,你失去知己红粉,出色的演员;演出中,李渔,你得到前代戏剧人没有感悟到的那些,成就了你的《一家言》,还有《闲情偶寄》。

李渔(1611—1680),初名仙侣,后改名渔,字谪凡,号笠翁,被称为李十郎。浙江金华兰溪人。文学家、戏曲家、园林设计家、艺术理论家。十八岁补博士弟子员,在明代中过秀才,入清后无意仕进,从事著述和指导戏剧演出。后居于南京,把居所命名为"芥子园",并开设书铺,编刻图籍,组织演出,广交达官贵人、文坛名流。著有《凤求凰》《玉搔头》等戏剧,《觉世名言十二楼》《连城璧》以及三者合集《无声戏》等小说,并有《闲情偶寄》《一家言》等传世。

直刺人心的力量:伦理·人性

——一代大儒顾炎武

多少年后,三晋、曲沃、宜园,刚从高烧昏迷中醒来的一代大儒顾炎武,准会想起嗣母王氏夜课的场景。

千墩,江南丘陵最后的地标——千墩之末墩,微微隆起于太湖平原之上的小镇。

乡绅家,内宅。

秋天,星月交辉,俱沉静,连同昔日轧轧织机的梭声,呼呼纺车的风声。

银烛高烧,替代荧荧如豆的油灯。身材比桌子高不了多少的孩子,端坐在北面的椅上,似乎等待一场庄严仪式的开始。南面而坐,二十多岁的妇人,略略显得憔悴,倦怠的眼,透露出爱怜、热望。孩子是她全部生命所系,她要在他身上种下些什么,又想收获得更多:为健在的高堂,为从未正面看过、已经永远离去的丈夫——孩子的嗣父,为顾家的列祖列宗,为圣上,为普天下的苍生。

开蒙,自闺中开始,教育史上没有标明身份的教师——母亲执教。

大学之道在明明德在亲民在止于至善

妇人,边读,边在书上该停顿的地方,用笔蘸着朱砂,点着、圈着,要那孩子跟着读两遍,再要他自己去读,直到背上。

妇人,抬起头,问:"藩汉,你可明白书上的意思?"——藩汉,该是这孩子,也是日后被称为顾炎武、亭林先生的乳名。

孩子欠身答道:"孩儿不知,请母亲大人教诲。"

妇人解释开去,这三句话提出了治国平天下的总纲,士大夫的立身之本。"明明德"中,前一个"明"是"使之彰明",就是发扬、弘扬。后一个"明"就是"光明正大","明德"就是光明正大的品德。"亲民","亲"同"新",是革新、就弃旧图新、去恶从善。"止于至善",就是要达到伦理道德的至善境界。

三家村的塾师,总是先教识字、断句、记诵,等孩子大了,开智了,再开讲,是为启蒙。顾母王氏,却反其道而用之,把务德、育人放在首位。

课讲完了,月出斗牛之间,妇人携着孩子的手步出中庭,见到东方白气亘天,似云翳,弥散开去,便忧心忡忡地说:"天象主兵刀,国无宁日矣。"在侍奉公姥、料理家务、绩麻织布之余,她常夜读《史记》《通鉴》,还有公公手录的《邸报》。

岁在戊午,明万历十六年,后金天命三年。金大汗努尔哈赤,后来被称为大清太祖武皇帝的,以"七大恨"誓师告天,发兵反明。

多少年后,正月初七,三晋、曲沃、宜园门前,积雪浅浅,一代大儒顾炎武,趁着放晴,去县令、乡绅、故交家回拜。踏上马镫,刚要跨上马背,马蹄蹉跌,人重重地摔下。在即将昏迷的瞬间,他准回想起嗣母王氏硕人上的最后一课,

——跨越生命。

石板路上,马蹄踏踏,车声辚辚。人流,自北向南,涌过来,望不到头,最兴旺的东岳大帝生日庙会,也不会聚集到如此之多的人众。谁也说不清楚,到底发生了什么,也不知道该奔向何方。人们嘴里传递出的共同信息,北兵打过来了。

唐市——常熟、昆山交界处的小镇,街西,乡绅宅院,一位老妇人静静地坐在堂前。

日影缓缓地移动,她在等待那个叫做"藩汉"的孩子,如今叫做"绛""忠清"的生员,将来叫做"炎武"的大儒,从昆城归来。

归来了,生命所系的儿子,绛,带着汗水、血污、泥泞,跪在妇人膝下,乍惊还喜,且泣且嚎。是劫后余生的庆幸,还是苟活而生的自责?是国破家亡出离于悲哀的愤怒,还是乱离中母子得以相守的宽慰?

七月屠城,六日,昆城,四万人殉难,绛的两个同胞兄弟在内,好友吴其沆在内,生母何氏右臂被北兵砍断。逐渐堆积起的信息,让这对刚团聚的母子陷入大沉寂、大苦闷、大悲哀,期望大解脱。

七月屠城,十四日,常熟,沦陷,唐市,又一次大动荡、大奔亡。

天涯何处是神州?妇人在想。

成算也许早就有了,只是静观事态发展,一切不如所想,而所不敢想、不该来的、不想其来的,终究都来了。

她,选择了绝粒,殉节、殉亲、殉城、殉国、殉道,让灵魂去那一方净土,让身躯化为一座丰碑,让叮咛的话语永远响在儿子耳边。

一天、两天、三天、四天,

曹妈帮着梳洗,她严妆端坐,等着儿、媳、家人叩安,再安排家务,如同过往生命中的每一天……

五天、六天、七天……十五天,

走向生命的极限,她睡在床上,留下最后的话语:"我虽妇人,深受国恩,与国俱亡,义也。汝无为异国臣子,无负世世国恩,无忘先祖遗训,则吾可以瞑于地下。"

当头棒喝,你顿时明白了人臣的本分,

醍醐灌顶,你顷刻理解了生命的要旨。

话语化为砖石,建造了你永久的心防,

建造了你自律的心狱。

岁在乙酉,南明弘光元年,清顺治二年。

十一个年头,抗清复国的奔走;二十五个春秋,游隐,走遍齐、鲁、燕、赵、秦、晋,考察天下郡国利病,做儿子的,从"明明德"、"亲民",走向"止于至善"。

该向嗣母复命,就像那星月在天的夜晚,就像那椎心泣血的七月,去地下,告诉长亲"遗民犹有一人存",尽管"名王白马江东去,故国降幡海上来"。

岁在壬戌,明正朔已无所奉,清康熙二十一年,正月九日,一代经师、人师、学究天人的顾炎武走了,于三晋、曲沃、宜园。

这时他会想这些吗?会的,我想。

原载《苏州日报》2015 年 12 月 12 日

顾炎武(1613—1682),南直隶苏州府昆山(今江苏昆山)千灯镇人,本名绛,乳名藩汉,字忠清、宁人。南明亡后,改名炎武。学者尊为亭林先生。明末清初杰出的思想家、经学家、史地学家和音韵学家。他一生辗转,行万里路,读万卷书,创立了一种新的治学方法,成为清初继往开来的一代宗师,被誉为清学"开山始祖"。其学以"博学于文""行己有耻"为主,合学与行、治学与经世为一。诗文多伤时感事之作。主要作品有《日知录》《天下郡国利病书》《肇域志》《音学五书》《亭林诗文集》等。

不甘屈辱的灵魂

——才女柳如是

一抔黄土,又一抔黄土,遥遥相望,呈犄角之势,走过去,不过五十来米。各建有自己的碑石、护墙,但共享一座具有现代风格的碑亭,花岗石的。

两座坟茔,作为同一文物保护单位被著录于简册,刻录于碑石,揭示出彼此多少有点尴尬的关系。

世代公卿、翰林学士、礼部尚书、东林首领、名重一时的诗人钱谦益;风尘女子、丽质天生、冰雪聪明、能诗善画、秦淮八艳中的柳如是。

杨花飘零,柳絮无主。柳如是,你可以寻找托付终身的良人,相夫教子,走完一生;你可以选择一位高官,凤冠霞帔、皓命封赠;你可以觅得可意郎君,情天孽海,两情相悦。

秦淮姐妹们的几种选择方式,哪有合你柳如是意的!

心比天高,自我净化、洁化,你要洗刷掉身上任一点污垢,独立地活泼泼地存在。

寻找爱情,寻找尊重,从嘉兴、吴江、太仓、杭州、苏州到金陵,踏遍江南,阅人无数。与被视为"男洛神"的陈子龙,相识、相聚到凄然分手。诗文、尺牍,留下不堪回首的记忆。

雪夜,扁舟一叶,幅巾弓鞋,神情洒落,你,化身为翩翩佳公子,过访半野堂。"春前柳欲窥青眼,雪里山应想白头。"于是缔就了惊世骇俗的婚姻。

南朝夕照里,你想谱就一阕忠臣烈妇殉国的故事,但让太冷的秦淮水化为永久的梦。

拯救灵魂,拯救你愿意为之生、为之死的人的灵魂,洗去他身上的污浊,也就会给自己带来圣洁的光辉。海上犒师,四处奔波,但复国无望。于是只能在青灯黄卷下度过余生,你走上了秦淮姐妹李香君、卞玉京的路。

但你就是你,为了保全这个家,尽一个妻子和母亲的职分,用自缢将恶徒们送上公堂。

娼妓?浪女?烈妇?

香艳?凄清?悲壮?

一个传奇中的女子,一代代官员、乡绅呵护、礼赞,皇上旌表。①"河东君之墓"作为独立的存在,营建、修缮,背倚虞山,面朝尚湖,坟茔张扬地舒展着,傲视春月秋花。

夫妻不能合葬,是家族不能见容?还是被视为"贰臣"的钱谦益无法现身?② 给史学家们留下了永久的疑问。

原载《中国乡土文学》2015年第五、六期

---

① 丁国钧撰《荷香馆琐言》,"柳如是旌节妇条":"道光廿八年,邑人钱彦华等始于汇案请旌册内列人,得旌烈妇。册内作:'钱受之副室柳氏。家长亡,适有家难,扃户自缢死。'盖以钱谦益名为先朝所斥,故避之,并柳名亦不著也。"此时距柳如是死事已近两百年,乡人仍未忘怀,可见影响至深。以夹带蒙哄的方式,获得"烈妇"的旌表,对于出身娼妓的柳如是说来,也许是始料未及。

② 饶宗颐《常熟悼柳蘼芜文·跋》,见《固庵文录》(辽宁人民出版社2000年版),"盖牧斋之没,附于其父之侧,遵王时有所忌讳,不敢竖碑。至嘉庆间,方由族人立碣,而钱泳所立者,但题曰东涧老人墓,旁记集东坡先生书,向阳渔者题,仍有所畏忌也。"按:钱氏与其正室合葬,此碑是其殁后多年补立的。

柳如是(1618—1664),本姓杨,名爱,号影怜,又号闻我居士、河东君,浙江嘉兴人。明末清初名妓,秦淮八艳之一。夫钱谦益为东林党首领,南明礼部尚书,后降清,仍为礼部侍郎。柳如是虽然身处脂粉之地,却倜傥自如,不但工于书法,诗词也有较高造诣。因其才貌出众,获得当时宋徵舆、张溥、陈子龙等士林人物的青睐。

绝唱：凄婉而美丽

——沉水：洪昇

七月,初一;夜,无月。

运河,通向乌镇一段的堤岸。

长衫客,老者,拎着灯笼,不紧不慢地走着。

明天,又回钱塘。西湖边,将又冷对湖山,低唱浅酌。

记得那年春夜——策划了唐明皇、杨贵妃们酣畅淋漓的表演,却从此断却功名希望。

过错,选择了错误的时间?过错,《长生殿》中寄托的兴亡之思?孤臣家国命运的隐忧?自己,说不清,别人,说不清,也许永远说不清。

夜风里,袅袅笛声,沾着水气,凉凉的。

"不提防余年值乱离,逼拶得歧路遭穷败。"苍凉沙哑的嗓音,贴着平野、顺着水面传过来。

来自何处水村的声腔?来自何家画舫的管弦?来自何方沦落的伶工?

宽慰?启示?召唤?

江宁织造府,西园,暖阁。罗帷,绛帐,红毯;

锣鼓,急急风,登场;亮相,水袖,管弦,轻捻曼唱。

定情、惊变、疑谶、偷曲、絮阁、骂贼、闻铃、哭像、弹词……

说不明宫闱娥眉争斗,写不清庙堂波诡云谲,滴不尽相思血泪红豆,诉不完黎民苍生万古愁。

跌宕起伏,荡气回肠。

堂上,置酒高会,对着《长生殿》院本,聆曲。

你,洪昇,布衣,主位;他,曹寅,命官,陪坐。

堂下,属官、文士,冠带如云。

夜以继日,日以继夜。五十折,三十六个时辰,曲尽人散。

曹公的抚慰,馈赠,哪能疗救心灵最深处的疼痛?

曲坛魁首的虚名,哪能哪能舒展学人平生志?

"受奔波风尘颜面黑,叹雕残霜雪鬓须白。今日个流落天涯,只留得琵琶在!"

归去来,曲尽人该行。

堤岸—码头—船头,

站立不稳,沉水。

眩晕? 清醒?

酒醒,随屈大夫逐波而去,

酒醉,随李学士捞月嬉水。

没有明月,何以见证!

原载《中国乡土文学》2016年第二期

洪昇(1645—1704年7月2日),字昉思,号稗畦、稗村,别号南屏樵者,钱塘(今浙江杭州)人。著名的戏曲作家,以剧本《长生殿》闻名天下。与《桃花扇》作者孔尚任齐名,有"南洪北孔"之称。

扇里桃花带来的

——寻求谜底:剧作家、诗人孔尚任

康熙三十九年,孔尚任最为得意也最为纠结的一年。

结撰多年的《桃花扇》终于完成。正月,首场演出,演员来自京城头挑金水班。各部委的头头几乎全部到场。孔尚任坐在首席,戏里的角色,李香君、侯方域、杨文骢、柳敬亭……轮番前来敬酒:袅袅婷婷、玉树临风,风流潇洒、唐突诙谐。

场上:笙歌靡丽,纷纭变幻,痴情儿女的无奈,秉从道义的选择;南明朝廷溃灭的悲歌。观众,掩袖而泣,唏嘘不已。

一夜,誉满京华。

三月初,从户部主事升为员外郎,从六品跳上正五品。贺客盈门,孔府,

——宣武门外,海波巷口,轿子、马车,来来去去。

三月底,"着即免除户部主事孔尚任本兼各职",吏部文书中没有说明缘由,似乎也不需要说明。

门前顿时冷落,邻舍也少了喧闹。

博士,十年学官;外放,三年河工;主事,三年奔忙;员外郎,荣升十几天喜欢,

孔尚任陷入沉想、困惑。

破格起用时,圣眷何隆?从不第秀才、纳粟捐来的监生,一夜之间,成为国子监五经博士,从"挂名"的学员,一下子就成为"教授"、"博导"。

一夜之间,削职为民,轻飘飘的,突如其来,难道会出自圣意?

想起——

初来太学讲课。彝伦堂西,阶前,搭讲坛,竖黄盖。鸣钟击鼓,来自八旗、十五省数百学员,绕着讲台三拜。

仪式一番,方才执经开讲。

想起——

不次之遇,君王曲阜朝圣,讲经后,温语慰勉;伴驾参观,三次询问年龄;去治河前,召见温语:基层历练,丰富阅历;再次南巡时,河上随行,赐食叮咛。

想起——

《桃花扇》演出后,内务府派人来索取脚本。是后妃想看看解闷,还是圣上想看看臣下的才情?

想必无碍,不然自己怎会加官晋爵,从主事升到员外郎?

排挤,小人谗言?不可能。《桃花扇》的首场演出,顶头上司户部左侍郎李柟张罗——李为出资方。

"诗酒误事",不作为——朋友们宽慰自己,想出来的"罪名",罪也风流。

孔尚任想去问个究竟,但不知道该问何人。

没人能知道犯的什么罪,也没人知道处分由何人决定。

海波巷小院又住了两年,等、等、等……

纠错无望,才悻悻然离开。

你不明白,被宠幸并非依仗自己才情、品貌、年龄的优势,应对得体,而因为是圣裔——孔夫子六十四代孙。朝圣、听讲、重用圣人家的后裔,是康熙皇帝的大写意。

不思犬马之报,尽心王事,却大写惹动故国之思的《桃花扇》,动摇国本,有违特命破格任用之初衷,着即……

皇上也许说过,也许觉得不便说,或则觉得不用说,不屑说。

吏部大员,领略、奉行。

提升,再免职,是抿去痕迹。

三家村的腐儒,怎能出领略一代雄主的韬略?

你带着不解的困惑,走了,走完了人生长途。

孔尚任(1648—1718),字聘之,又字季重,号东塘,别号岸堂,自称云亭山人。山东曲阜人,孔子六十四代孙,清代诗人、戏曲作家。府考时岁考没有通过,后捐金取得监生身份。他因为迎驾得到康熙的信任,破格任用,官至户部员外郎。后削职为民,世人多认为与其传奇《桃花扇》有关。

权谋、深沉，抑或圣明、仁慈

——一代雄主的心术：康熙大帝

康熙皇帝，这几天很费些踌躇。接到两江总督噶礼奏折，弹劾粮道贾朴在开河建关工程中侵吞朝廷粮款，并捎带追究苏州知府、代理江苏布政使陈鹏年失察的责任。布政使是管理一省财税的长官，相当于"副省级"。

千里之外，孰是孰非，难以定夺。先将案件交吏部审处，等他们拿出个意见来再说，皇上这样想。

噶礼，出身满洲正黄旗，功臣之后，封疆大臣，深得宠幸，炙手可热。吏部知道这事态，处置意见很快上呈：陈鹏年着即革职查办，遣戍黑龙江。

噶礼，再上密奏，录入陈鹏年《重游虎丘》。认为此诗倾吐了汉人的"怨望"，其中"代谢已怜金气尽"一句，是指大清气数已尽，——"金"指"后金"，是清朝入关前用过的国号。

官员们的小差错，不大会计较，但涉及社稷安危，就很较劲。《明史》案、戴名世案、朱方旦案……在文字里梳扒挑剔、铸成大狱的事，有过多起。了解皇上脾气，噶礼。

颐年殿里,踱来,踱去,榻边,倚几小憩,康熙把奏折看了又看。噶礼,跟随自己有年,很能投合自己的心意,尽管官声不佳,但又离不开。陈鹏年,见到过几次,前几年处置过一次,革除了江宁知府的官职,派到武英殿编书。重新启用后,担任苏州知府,显得更加勤勉,疾恶如仇,故我依然,是个可爱的刺头。

陈鹏年,失察,也许在所难免,怀恨朝廷乃至萌生叛逆,难以成立。到南书房,听一下智囊高士奇的意见。

不,乾纲独断,还是自己拿主意,臣子之间,总有扯连不断的网络。坐在案前,忽然想起"陈鹏年吹气退缢鬼"的故事,那是五次南巡驻跸江宁织造府,听太监讲的。姑妄言之,姑妄听之,不知怎的,这时又泛上心头。道学之臣,忠心王事,叛逆之心,断不会有。

看看日影从殿角不断北移,已经一点见不到了,不禁有点恍惚,朕老了,为这么大一点的事如此上心?当年定下削三藩、收台湾、平准噶尔、进兵安藏的方略,似乎都没有过这样上心。

着即宣调陈鹏年来武英殿修书。这场惊天大案,破门灭族的文字狱,消弭于无形。

大臣们不知道,陈鹏年自己也不知道其中的玄机。

调离,对宠臣有个交代,让他舒心一些;修书,让直臣得到保护,发挥了他的专长。

过了多少年,康熙方才亮出底牌。"噶礼曾奏陈鹏年诗语悖谬,宵人伎俩,大率如此。朕岂受若辈欺耶?"此时,噶礼因他事受到惩治。

这就是政治智慧,让臣下互相制约、攻讦,静观其变,才能洞察底蕴,维持稳定的格局。

权为己用,恩自上出,雷霆雨露,收纵自然。让臣下知道感恩,甘心肝脑涂地;让臣下知道畏惧,不敢越雷池一步。

自然也离不开文学素养。如果不明白诗歌艺术特点——诗无达诂——的话,不就钻入"宵人"的圈套了吗?

过了多少年,康熙驾崩,臣下拟了个谥号:合天弘运文武睿哲恭俭宽裕孝敬诚信功德大成仁皇帝;又拟了个庙号:圣祖。长之又长的谥号,恐怕连清史专家阎崇年先生也未必记得住。为了尊崇,人们就简称其为圣祖仁皇帝。

仅止于圣明和仁慈吗?是不是能再加上"睿哲"二字?——深沉而有权谋,一种政治大智慧形成的人格魅力。

康熙大帝,即爱新觉罗·玄烨(1654—1722),清朝第四位皇帝、清定都北京后第二位皇帝。年号康熙:康,安宁;熙,兴盛——取万民康宁、天下熙盛的意思。他8岁登基,14岁亲政,在位61年,是中国历史上在位时间最长的皇帝。他是中国统一的多民族国家的捍卫者,奠定了清朝兴盛的根基,开创出康乾盛世的局面。庙号为圣祖,谥号为合天弘运文武睿哲恭俭宽裕孝敬诚信功德大成仁皇帝。

权术"心经"

——读《李煦奏折》

拂开三十多年的尘封,又见面了,久违的朋友。

《李煦奏折》,从书橱深处探出头来。过往的记忆复苏了。

乍见还惊,书纸变得黄脆了,书人俱老,惺惺相惜,不妨穿越历史,再次倾听一下书中人的对话。

李煦,苏州织造,户部右侍郎,皇上的奶兄弟、玩伴,大内总管;康熙,一代英主,至今在电视屏幕上活跃的角色。君臣遇合,绝妙的搭档,臣子奏议连同主子的朱批,一定会不乏诸多治国平天下的至理名言。

"臣包衣下贱"、"包衣愚蠢"、"犬马微贱",一直念叨着,生怕主子忘掉自己这个奴才,把头低下去,低下去,一直埋到尘埃里。把苏州的、江南的自然的、社会的、官场的、文坛的风情、雨情,打听好了,细大不捐地奏上去,上达天听。重臣、耳目、密探、卧底、鹰犬。声色不动地周旋在总督、巡抚、道台、府台之间,吟咏于名流诗人之中。慈眉善目,一副"佛子"模样。谁会想到他在官廨秉烛夜书奏章的情境,沐手焚香,研墨舐毫,用端方圆润的馆阁体,字斟句酌地写下去,得体合宜,唯恐上干天怒。密密地封好,放入招文袋里。不烦动清客,也没有添香的红袖。一切妥当了,赶着星夜,叫贴身家人送到京城。

遵守祖上心传的用谍准则,也符合克格勃、联邦情报局行动手册,单线、绝密、你知、朕知。他记得主子的告诫:"论断不可叫人知道。若有人知尔即招祸矣。"

朱批,惜墨如金。缴回,表示看过了;知道了,满意的褒奖;批文,下达新任务:打听,再打听,奏来。一切就如同"圈阅"、批示。笔断意连的行楷,挥洒自如,显示出皇上御下的气魄,不失为书法珍品。批文更是天纵圣明,洞察一切,"朕闻大概不过如此","朕早已听得如此"。卧底以外还有卧底,眼线以外还有眼线,小心你的身边还有朕的人。从畅春园远放到吴门,就是要你帮朕守住大内的门。

温情,自然也有,就像女主人爱惜宠物狗,小心呵护,精心调教。另一个做眼线的江宁织造曹寅病危,向皇上乞药。八百里加急,驿马疾送。写下全书最长的批语,凝定了治疗方案,"万嘱,万嘱,万嘱,万嘱"!

比马雅基维利的《君主论》更为精粹,比《鬼谷子》、《阴符经》有着更多的权术,比翻二十四史、《资治通鉴》会有着更多的得益,是君王南面之术。比《韩非子》、《白虎通》更为精辟,述说了事君之道。

中国士大夫的灵魂尽现。一代代卧底,不绝如缕,我曾经崇敬的前辈文人冯亦代、黄苗子……比不得李煦,没有封侯之赏,却心甘情愿地去刺探、回报、出卖,为的是惧怕时时可能落下的达摩克利斯之剑。

心密、机巧、深邃,愚弄万民于股掌之上,一代君臣构建的利益共同体,早已飘逝,只留下记录君王南面之术和奴才腆颜事君的"心经"。

原载《中国乡土文学》2016 年第二期

李煦(1655—1729),历官内阁中书、韶州知府、宁波知府、畅春园总管。清康熙三十二年(1693)出任苏州织造。李煦与妹夫曹寅(任江宁织造三十年)不断向康熙帝呈递密折,奏报江南地方民情。八次兼任巡视两淮盐课监察御史,千方百计搜集各方面的情报。康熙四次南巡,李煦、曹寅等大事铺张,导致亏空高达数十万两。雍正二年,因亏空公家白银三十八万两,被抄家籍产。雍正五年(1727)二月,被定为"奸党",发配往吉林(打牲)乌拉(黑龙江布特哈旗)苦寒之地,"两年来仅与佣工二人相依为命,敝衣破帽,恒终日不得食",最后因冻饿死于当地。

繁华客天涯孤旅

——江宁织造曹寅维扬行

江宁—扬州,迢递一水,曹寅说不清有过多少次往还。

接驾,送驾,陪着今上,十丈红尘;盐道,巡视,冠带如云,觥筹交错;诗友,酬唱,廿四桥畔,把盏话旧。

城北,天宁寺,扬州官刻书局。

担着朝廷交付的监刻典籍的使命,曹寅事必躬亲。

《全唐诗》刊行,皇上文治武功中添上一笔华彩,自己得到褒奖;《佩文韵府》问世,书生少了些穷搜冥索、强记故实的痛苦。

行行复行行,顾不上舟楫车马劳顿,端详着刚刷出的书页,挑剔再挑剔,纸质、墨色、字形、行间、天地、边距,一一揣摩主上的心意。

督责再督责,完美主义的追求,摩挲样张,自顾自地笑了,聊慰书渴,还是觉得建下盖世奇功?

且在这僧院南舍住下,从春暮待到仲夏。

半个月,病榻缠绵,揽镜自照,形销骨立。

高烧中,曹寅悠悠晃晃地进入"太虚幻境",他记得"臣自黄口,充当犬马",向主子吐出的肺腑之言。御花园里,和奶哥嬉戏;书房灯下,陪太子读书;车前辇后,御前锦衣侍卫,紧紧趋行;木兰围场,盘马弯弓、放鹰驰狗,博得皇上粲然一笑。

场景,蒙太奇,平行、交错、淡入、化出……

寒战后,曹寅清醒地知道,荣华富贵,都是圣上的恩典,微臣"涓埃难报"。奔波劳碌,自是"家生奴才"的本分。

苏州、江宁、扬州、淮上,官场、商场、文场,裘马人生、游戏人生、诗酒人生。

"多才魏公子,援笔诗立成。有时自傅粉,拍袒舞纵横。跳丸击剑伎,何如邯郸生。"①文友的人格定位:诗人、词客、曲家、歌伶。

剧场上,你,——劲舞,踏跳,击剑,弄丸。你,——在角色中找回了个我,在演出中挥洒淋漓,在与优伶对视中寻到红粉知己。

陈思王曹植高贵的灵魂,蛰伏在正白旗"包衣"曹寅卑微的身躯里,祖上的遗传因子犹在,但只会在"沉醉海棠""千秋岁""寄生草"曲牌中张扬。

又一场高烧过后。多想挣扎着起来,到佛殿的工场再走一圈,嗅一嗅枣木、梓木的清香,听一听刻刀在版上走动的微音,看一看檐下初成的榴实,迎着朝阳摇曳变幻的柳影。

办不到了。他想起托内兄李煦代奏,向圣上乞求治疟疾的圣药的事②,奏章该在驿路上奔驰吧。

晕眩,昏厥,曹寅走了,隐隐听到自鸣钟报点:辰时。

康熙五十一年(1712)七月二十三日。

---

① 张大受:《赠曹荔轩司农》,《清溪集》,转引自周汝昌《红楼梦新证》,棠棣出版社1953年版,第378页。
② 曹寅病中,妻舅苏州织造李煦曾去探望,于七月十八日代曹寅奏,乞求康熙赐治疗疟疾的西洋特效药治病。药未到,曹寅已病故。见《苏州织造李煦奏曹寅病重代请赐药折》,《关于江宁织造曹家档案史料》,中华书局1975版,第98页。

享年五十五岁。

三百年后,美国耶鲁教授史景迁写了一部《曹寅与康熙》,副题为"一个皇室宠臣的生涯揭秘"。

"宠臣"意味着什么?"宠幸"如何换来?该付出怎样的代价?陈述史实的学者未必会告诉你。

原载《中国乡土文学》2016年第二期

曹寅(1658—1712),清康熙朝名臣、文学家、藏书家。字子清,号荔轩,又号楝亭,祖籍辽阳。满洲正白旗内务府包衣,官至通政使司通政使、管理江宁织造、巡视两淮盐漕监察御史。善骑射,能诗及词、曲,著有《续琵琶》《北红拂记》等传奇,并参加演出。主持《全唐诗》《佩文韵府》的策划、编纂和刻印,是《红楼梦》作者曹雪芹的祖父。

寻常巷陌怀砚师

——砚神顾二娘

1976年4月,一位面容清癯的老人,慢悠悠地走进专诸巷。老人当时并不为太多的人知晓,后来却享大名,被认为是知堂老人的衣钵传人,燕园三老之一。他,就是张中行。

尽管他深通释典,知道赵州和尚所言"好事不如无",也明白《旧约·传道书》中讲的"日光之下并无新事",但仍然应老友之邀,到苏州来找点新东西。

张先生很有些考古癖,但也知道两千多年以后,不会再有专诸的侠骨留存,他只想看看乾嘉年间,在这条巷内琢砚为生的顾二娘门户——想必是前店后坊,仍旧规模依稀。

黄昏时分,从巷北往巷南走,张先生想看看哪一处可能是顾家砚庄。街东傍着城墙而建,剥落了城砖的土墙上荒草丛生,青青的,在春风里摇曳。街西一户一户紧挨着,除了一家烟纸店、一家老虎灶,再也找不出商铺的痕迹。找人问一下,巷子中段一个大妈,小凳子上坐着,别着红袖章,纳着鞋底,一针一针,不紧不慢。张先生走上去问:"大娘,可知道从前这里有个顾二娘,做砚台的,住在啥地方?"老大妈头抬了一下,说:"这里没有做砚台的。砚台,文具店里就有,一毛钱一块,橡皮的,我孙子昨天刚买的,掼也掼不坏。"张先生注意到她警惕的眼

117

神,不敢多生事,依旧默默地看过去,走到南头,再从南头回到北头。

他记起了黄莘田的诗:"一寸干将切紫泥,专诸门巷日初西。"心里想,虽然不能指实,顾二娘的旧住地总是留在眼中了。顾二娘砚,张先生眼见过,在许姬传那里,还是故宫博物院的展柜里。阮囊羞涩,穷措大只能在梦里摩挲。

在笔记小说中,他得知了不少有关顾二娘的故事。捻针绣花、上灶下厨、侍奉公婆、相夫教子,顾二娘本可以尽着女人本分,走完人生长途,在邻里中讨个好口碑。可丈夫过早离世,公公年老力衰,她只能独立撑起门户,拿起了一寸干将,选料、下石、设计、刓刻,她把从刺绣针法中悟到的,从案前宣德炉袅绕的香烟中体察到的,在街前看着天边云霏霞染中领略到的,在桥头看着水底鱼龙变幻中想象到的,融到了刀下,让端砚有了女性的美——娴雅、端庄、华丽。

顾二娘制砚的声名远播,千里外,福建永福退休官员黄莘田携带珍藏十年的端溪片石,至吴门,请顾二娘制砚。顾氏精心刻制,造就成绝世佳品——"洞天一品",就是黄莘田请顾二娘所制,不知怎的流入了清宫。

顾二娘自重其艺,非良石不刻,一生所制之砚,不及百方。殁后,黄莘田有诗挽之:"古款微凹积墨香,纤纤女手切干将。谁倾几滴梨花雨,一洒泉台顾二娘。"二娘离去,应在春天,梨花开放的时候吧!张先生想。

顾二娘,据说娘家姓邹,名青,又称顾青娘。不过也有人说,应叫顾亲娘,苏州人"亲""青"不分,"亲娘"是吴方言中对外婆的爱称,想必她是有女儿的。张先生想到这里,不禁哑然失笑,慢悠悠地步出小巷。

造访顾二娘故居的事,张中行写入《姑苏半月》,那是十八年以后了。

又是一个十八年,张先生成了古人。真娘墓、苏小小墓都有了标志,赛金花据说在故乡建立了纪念馆,专诸巷东面的城墙也整修一新,但长巷仍如当年,寂寞地躺在春风里。

原载《中国乡土文学》2016年第二期

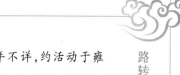

顾二娘，清代女制砚工匠。江苏苏州人。生卒年不详，约活动于雍正至乾隆之际。与当时著名藏砚家黄任相交，并为之制砚，以其技艺精良，深得黄任赞赏。顾二娘制砚，做工不多，以清新质朴取胜，虽有时也镂剔精细，但却秾纤合度、巧若神工。她善于巧妙地利用石纹的"眼"作为凤尾翎来镌刻砚的图案，收到良好的效果。

在真实与神话中游走

——神医叶天士

我梦见,自己在教《扁鹊见蔡桓公》一文。我投入,学生也投入。想象那扁鹊凝神谛视的专注,掉头就走的决绝,品味蔡桓公的刚愎自用,迷茫、无奈,死亡逼近的恐惧和战栗。然后像"抖包袱"那样——这是寓言,扁鹊活着时,蔡桓公已经死了近两百年,蔡国早就亡了。韩公子不过是借这个故事来阐明《老子》第六十三章的观点:"图难于其易,为大于其细。"——也许这不过是个民间传说,不然太史公怎么将其写入《史记·扁鹊仓公列传》。两者几乎一样,只是把反面主人公改成齐桓侯。但齐无桓侯,于史无据,看来太史公也难免出错。

学生哗然,似乎认为我有玷师德,故意捉弄他们。

于是我拿出了底本,读出故事后面的一段话:"故良医之治病也,攻之于腠理,此皆争之于小者也。夫事之祸福亦有腠理之地,故曰圣人蚤从事焉。"

一个规格化的寓言,故事+道德教训,文字也不艰涩,教科书的编者,为什么要删掉这段呢?

学生似乎意犹未平,在窃窃私语,教室里嗡嗡的。

我惶然,凄然,茫然,为我教学改革新尝试的失败而悲哀。

于是进入了新的梦。我跟随吴地神医叶天士当书童。先生出诊总有轿子来接,有身份的人家来的是大轿,平头百姓来的是小轿。药箱不重,可是我得跟在轿子后面拎着跑,气咻咻的,够累。到了病人家,先生望闻问切一番,我铺纸研墨,先生沉吟了一番,按着君臣佐使开了方剂,我在边上也抄了一份。几年下来,看着,听着,背得点《汤头歌诀》,读得点《金匮要略》,懂得点奇经八脉,会开点草头方,也能金针度世。先生方子上的药似乎也平常,只是药引子有点稀奇,平地木、原配的蟋蟀一对,有时在别人方子上加上一两味,就有了神效。妇人难产,先生在开好的方子上加了一片梧桐叶。背后,我悄悄问先生,他说,"今朝是立秋,'立秋叶落',上应时节,加片梧桐叶好催生哉!""'医之为言,意也。'侬阿要多点悟性。"

先生讲"温热论",及门的弟子,群聚在堂上,质疑、切磋,赶着用笔做记录。可惜先生太忙了,顾不上亲自书撰。诊病、应酬、造势、自我炒作,耗费太多的精力。

先生声望日隆,"半仙""天医星"下凡,喝彩声一片。茶馆里流传着先生看面色就能决死生、一支银针起死回生的故事……听了后,我回去告诉先生,先生捋着胡须,得意地笑了。

我愕然,悚然,废然,为造神者和奉为尊神者而悲哀。

于是逃入了新的梦,来到横店,当上了龙套,在《神医叶天士》剧组中,担任了种种角色,家人、门房、轿夫、死而复生的病人,不听叶先生正告而走向死亡的莽夫,我有如可怜的蔡桓公,弥留之际,追悔莫及,我想捶胸长叹,可是手也抬不起,一下子醒了。

电视里《医痴叶天士》,才放了一集,正在插播广告。

原载《中国乡土文学》2016年第二期

叶天士,名桂,号香岩,别号南阳先生。约生于清代康熙五年(1666),卒于乾隆十年(1745)。晚年又号上律老人,江苏吴县(今苏州)人。清代名医,四大温病学家之一,关于他的传说甚多。

从诗友到罪臣

——沈德潜的玩笑人生

乾隆四年,虽说已是秋天,暑意并未消退。秋闱刚罢,秀才们还留在金陵秦淮河畔的旅店里,等着发榜。

别的考生都去寻乐子了,一位来自苏州的老秀才却留在河房里,听着画舫咿咿呀呀的橹声、嘈杂的弦索、清脆的牙板和着少女的轻唱、士子的调笑,不由觉得心烦,站起来把窗户关上。

倒也不全是老来渐于风情薄。屈指算一下,从二十二岁中秀才考起,算到今科,应考金陵已经是第十六次,旅店主人早已子承父业,当年和自己一起来应考的,只剩下自己一个了。如今这些考生都是自己的子辈、孙辈。提着考篮在贡院门口等点名的时候,他就觉得背后有人在指指戳戳,似乎听到有人在私语:那就是江南大诗翁沈德潜。一领青衿,苍苍白发,还能混迹于少年丛中吗?

多少次对自己讲,今年是最后一次,如若不取,就再也不来了,可是下科开考又赶着来了。记得昔日写的《寓中遇母难日》:"真觉光阴如过客,可堪四十竟无闻。中宵孤馆听残雨,远道佳人合暮云。"又过去二十六年了,如果再落第,怎么对得起泉下的长亲!

等,等,等,终于等到了,一发榜,高高地中了,举人第二名。

好运来了赶也赶不走,第二年,春闱又中了,成了进士。在众多的少年才俊中夹着一个齿豁头白的老翁,显得特别引人注目。琼林宴上,乾隆皇帝一下子就注意到他,一垂问,原来就是沈德潜,苏州著名诗人。自己在做储君时就读过他的诗,温柔敦厚,怨而不怒,合乎主流文学的标准。

赏识,关照,垂怜,还是利用?乾隆自己也说不清。翰林院"甄别"考试文章虽然写得不怎么样,还是留了下来。从翰林院编修,左中允、侍讲学士直升到礼部侍郎,加礼部尚书衔。从六十七岁到七十七岁,前后十年,连升五级,从副科级爬到正部级。

不是因为文韬武略,安邦定国,沙场喋血,而是陪聊,陪玩,君臣共同切磋诗艺。三家村的穷教席,四十多年历练出哄孩子、奉承家长的本领,再说十六岁时他就读了《尉缭子》《韩非子》,很懂得一点人君南面之术,虽然没有在宦海中沉浮过,但很懂得皇上心理。君臣际遇,并非是剃头挑子一头热。夏日炎炎,君臣唱和,写了《消夏诗十首》;冬日,白雪皑皑,南书房围炉话古今。他为乾隆改诗,去掉一些失粘、走韵的地方,调整点语序,是不争的事实,至于是否充当枪手,还没有有力的证据。

乾隆是有名的高产诗人,一生有诗四万多首,不过可以传世的没有几句。赠沈德潜的倒有点意思:"我爱德潜德,淳风挹古初。""玉皇案吏今烟客,天子门生更故人。"简直是光荣到极致了,文人能做到这份上,恐怕是绝无仅有。沈德潜逢迎阿谀的本领,似乎在其诗艺之上多多。人是有潜能的,没有开发时,书呆子一个;一经开发,前程无量。

陪天子玩,不是件容易的事,终于要求致仕休下了。沈德潜回到苏州以后,皇上还念念不忘,赠诗、酬答、增加官俸,建生祠,官做到无以复加——太子太傅、太子太师,尽管是些荣誉称号:虚衔。天子一次次南巡,他远程迎驾,全程陪同。到北京为皇太后贺寿,他倒也竭尽心力。

帷幕落下了,诗翁驾鹤西去,营墓、赠谥、出版全集、入贤良祠。

君王尊重知识,尊重人才,前迈古人,后启来者,堪称华彩乐章。

可惜最终成了败笔。已故举人徐述夔的《一柱楼诗集》,集中有"明朝期振翮,一举去清都",意在颠覆政府。案子查到了沈德潜头上,只因原来这位"诗友"为徐氏做了"传记"。乾隆爷恼羞成怒,大骂沈德潜"昧良负恩","卑污无耻"。于是决定把原先封给沈德潜的所有荣誉全部"追回",此时,"沈老"已经入土十年了,无法再行惩治,乾隆帝余忿未解。但所做的,只是毁生祠,把御笔题书的墓碑仆倒。沈家门庭依旧,不然如今哪会再有"沈德潜故居"留存在苏州网师园西。

一年以后,"御制怀旧诗,仍列德潜五词臣末"。诗友,毕竟难忘。

原载《中国乡土文学》2016年第二期

沈德潜(1673—1769),字确士,号归愚,长洲(今江苏苏州)人,清代诗人。乾隆四年(1739)成进士,曾任内阁学士兼礼部侍郎。论诗主格调,提倡温柔敦厚之诗教。其诗多歌功颂德之作,但少数篇章对民间疾苦有所反映。所著有《沈归愚诗文全集》。又选有《古诗源》《唐诗别裁》《明诗别裁》《清诗别裁》等,流传颇广。

峰石无言

——瑞云峰前曾有过的故事:乾隆大帝

一别姑苏,十五年了。

从葑门码头上岸,乾隆銮驾顺着十全街走向行宫。街,本名"十泉",宋代起的,源于长街十口好水井。听说皇上最近自号为"十全老人",抚台、府台、县台、绅衿就商量着把街名改成"十全",用大字写在迎驾牌坊的匾额上,并在两边的长联中镶进去。

黄沙铺就大道,洒上水,纤尘不起。有顶戴的、没顶戴的,官员、乡绅、士子、平头百姓,匍匐着,想一瞻天颜,哪怕是瞄上一眼,在香案后面。

报子过去了,马队过去了,轿子一乘又一乘过去了。

皇上有没有注意到牌坊上的楹联?对仗之工,用典之巧,妙绝天下,是苏州第一联家拟就的。匾额上的大字想必会看到,是吴中第一书家的手笔。吴县知县在默默地想。

织造署行宫,多次驻跸,内监、宫娥,几张脸都很熟悉,乾隆爷还有心记住领班太监、贴身宫女的名字。

"小福子",一张过早苍老的脸跪在面前,"您还记得奴才的名字,圣上。"

"圣上休息一会,容奴才带着在园子里走走,赏赏新鲜。"小福子站起来,躬着身子,战战兢兢地说。

园子,"西花园",行宫之西。

乾隆见到值得品鉴的园林,总会叫人描图打样,移植到大内、圆明园、避暑山庄中。苏州行宫,尽管桃花流水,古树乔木,雕梁画栋,珠帘绣幕,还有精致而适口的菜肴、悦耳未必完全能听懂的评弹,但总觉得有所不足。

上次来时,顺口说了一句"西花园少了座好湖石",内监、织造署官员听后,立刻转告苏松巡抚、苏州知府、吴县知县。

十多年过去,听说又将南巡,地方官员,不由重想起此言来了,皇上问起,该如何交代?虽然县台、府台、抚台换了好两茬。

觅石—运石—营池,特置:孤峰——散置:四周相呼应的群峰——组合:蔓延过去的假山群,一幅"宛自天开"的好山水,呈现在寝宫之南,于圣驾到来之前。

乾隆虽然没有以石为兄,或者拜石,以"石痴"自号,但天下名石,早就烂然于心。

瑞云峰,江南名石之冠,此刻相见,犹如神交已久朋友的初面。

为了不扫小福子的兴,乾隆还是静听他准备已久的导游词。

赏石,读石,乾隆与瑞云峰的对语。

瑞云峰耸立在池水之中,坐南朝北,面对着寝殿,乾隆站在殿前宽敞的石坪上打量。斜阳透过绿荫洒在峰背上,从孔窍透过来,青灰的峰石漾出些许绿意,平添了几分俊俏。底座不受光,一多半藏在水里,苔藓一层摞一层,斑驳淋漓。底座沉稳、秀伟,有如云根,护定着石峰,不让她凌空飞去。

从未见到过体量如此之大而又如此匀称、秀媚、通脱的独赏峰,峰影投射到水里,斜斜的,色泽深了,与座上的遥遥相应。乾隆想起了唐人小词中的两句"照花前后镜,花面交相映",风乍起,水波中的峰影,微微有点晃动,幻化成一片墨影。

是天上星陨,女娲匀炼舍不得用去补天?是龙宫藏宝,为鲛人巧用心机盗出地面?乾隆想起了袁中郎、张宗子笔记中留下的峰石传奇。

石无言,石不能言,石不忍言,如果能言的话。

经历过陆沉海升,伴同过海百合、水母、珊瑚嬉戏;见到过龙战于野,其血玄黄;早有过幸蒙圣赏的机会,峰脚还镌刻上"臣朱勔敬奉"的字样;曾闲置草野,伴同渔父、樵夫、牧童,给他们一点阴凉;曾置于庭园之中,听文人墨客置酒高会。

絮絮叨叨的解说,早就完了,见到圣上仍在端详峰石,久久地。

天暗了,二月的风寒嗖嗖的,小福子提醒了一下:"圣上,明天再来看吧!"乾隆嘀咕了一声:"太奢靡了!"

多少年后,一位曾见过瑞云峰的文人,叫做曹雪芹的,在他的《红楼梦》借了元妃的嘴也说出类似的话:"不可如此奢华靡费。"

爱新觉罗·弘历(1711—1799),年号"乾隆",寓意"天道昌隆"。25岁登基,在位六十年,禅位后又任三年零四个月太上皇,实际行使国家最高权力长达六十三年零四个月,是中国历史上实际执掌国家最高权力时间最长的皇帝,也是中国历史上最长寿的皇帝。

乾隆帝于乾隆十六年、二十二年、二十七年、三十年、四十五年、四十九年六次巡幸江南,每次一般都要到江宁(南京)、苏州、杭州、扬州,后四次还要到浙江的海宁。六下江南所经之地和所做之事,虽然不尽相同,但大体上包括以下几个方面,即蠲赋恩赏、巡视河工、观民察吏、加恩缙绅、培植士类、阅兵祭陵。庙号高宗,谥号法天隆运至诚先觉体元立极敷文奋武钦明孝慈神圣纯皇帝。

踪迹的寻觅

——神接曹雪芹

是苍天无心眷顾,还是历史着意留存?

《大清一统舆图》上,留下细如芥子,也许比"夸克"更小的一点:苏州织造府——西花园。

三百年,不算太长,朱楼、凤苑、回廊、玉砌的雕栏,都还在吧?海峡那边的历史学家、小说家高阳猜想:到苏州织造府去,不难找到《红楼梦》中会芳园、逗蜂轩、天香楼的踪迹。

潜心研究过《红楼梦》的一代学人:撰著《石头记索隐》的蔡元培,在这个园子里顾还过,留下"长达图书馆"的匾额题字,纪念心仪的师母——王谢长达;开新红学先河的胡适来考察过,和现代女儿国——振华女校的姑娘们闲扯,说这里就是大观园,诸君就是群芳,不过仅仅是"大胆假设",还没有来得及"小心求证";写成《红楼梦新证》的周汝昌来过,说曹雪芹兴许就生在这个园子里,不过与他的曹雪芹生年推断不那么切合。

王国维不会不来过,他执教的学堂离这园子只隔两条街。可他关注的是,从情天孽海挣扎小儿女命运史里,寻思解脱悲苦人生的至上之道。出生吴郡的俞平伯不会不来过,哪怕是去找寻印证曹家谱系的边角料,可是他被脂砚斋批本《石头记》羁绊住,容不得多留。

何处寻找天尽头的花冢、香丘？何处寻觅那纸上的大观园？

多祉轩畔龙井的清泉，刻镂花叶萦绕的石础，夕阳斜照的马头墙。

孑然而立的芭蕉对着垂丝海棠，晴天丽日下敞开；颀长的翠竹依傍假山，任潇潇暮雨尽兴披淋；藤萝沁出微香，半墙间攀援；黄叶，衰草，梧桐，闲斋：秋

光，在池水上流溢。

重影叠合，幻化成诗的世界：怡红院、潇湘馆、蘅芜苑、秋爽斋……告诉你这里被遮蔽和曾有过的一切。

曲学大师吴梅、画家吴湖帆联袂而来，供案拜石、潜心对语，唱出了千年顽石的精魂，写生出瑞云峰娟娟秀影。他们定是见过那别称梦阮的文人曹雪芹，不然那曲子、那画张怎会这等传神？

原载《中国乡土文学》2016年第二期

曹雪芹（1715—1763），清代著名小说家。名霑，字梦阮，雪芹是其号，又号芹圃、芹溪。祖籍辽阳，先世原是汉族，后为满洲正白旗"包衣"。著有《红楼梦》。

伤心人别有怀抱

——追梦散记：沈复

江南,梅雨季节,雨下个不停,小的时候,像张开一张大网,笼罩着整个宇宙,迷迷蒙蒙;大的时候,像是天河倾泻下来,冲决一切。石阶上的青苔,又增厚了一层,绿里泛青。稍远处,芭蕉,肥硕的叶子,被风撕开,耷拉下来。银杏,覆盖大半个院子,枝干在大风中摇晃,枝叶扑打着大殿和边阁的屋瓦。

大悲阁里暂栖身。沈复,从来没有这样长久地看雨,在禅院中,三十来天;从来没有过这样凄惶,芸娘走了,最爱的人,丢下自己;从来没有这样感伤,未能见上父亲最后一面,道不明的音信阻隔;从来没有这样困惑,被逐出祖屋,弟弟启堂,假他人的手,为了家业。

叩问?门边上,就是义薄云天关云长;佛龛莲座上,大慈大悲观世音菩萨。呼唤?大雄宝殿上洞察三界的世尊、如来、应供、正偏知、天人师……

如果他们都忙的话,不妨请教世尊边上的比丘迦叶——佛弟子,大智慧,再不然,还可以请教庙里的方丈,他修持多年,会指点前世今生,让你走出迷津。

"缘由前定""魔由心生""勘破红尘""撒手归崖",你何尝没有想过？暮鼓晨钟,也曾跟着僧众参拜、诵经:"一切有为法。如星、翳、灯、幻、露、泡、梦、电、云。"但在呗声磬音中,你神往的却是另一个世界。

尽管你知道"事如春梦了无痕",但你还是追逐梦,打算用你做幕友的笔,那支曾为长官拟草——"详、验、禀、札、议、关"的笔,写下自己哀乐中年的际遇:放浪形骸心灵大自由窃喜,私密小天地夫妻间喁喁情话。忘情中无尽欢乐,苦辛中泛出微甜,沉迷中冒出忐忑。

青梅竹马——嬉戏;留粥待婿——话柄;七夕,天孙前——盟誓;耕读相随——向往;仓米巷,小楼岁月——枯寂;萧爽楼,装点风景——慧心,水仙庙,改装——唐突;万年桥,飞觥醉月——狂喜;放逐沦落——无告;维扬途中,土地庙——饥寒;执手无言,人天两绝——死别。

若说是无前因,怎会有如此红颜相伴,分享云飞浪走片时的欢乐,承受风刀霜剑相逼的苦难?

若说是有夙缘,怎会不让一对可怜虫,鬓丝相磨,幽窗下,莳花弄草,把酒分韵,白首相对,厮守终身?

若说是无孽债,为何一身才艺无法施展,落寞、沦沉,衣食不济,妻子客死他乡?

若说是有冤孽,为何在患难之中,总有人施以援手,帮自己和芸娘走过艰难一程?

情天孽海,有怨有恨,还是无怨无悔?

"天之厚我可为至矣",往事历历重数,沈复归于沉静。

在寺僧敦请的画作上,添两个草虫,在友人索取的山水上,晕染点雨意。

静下心来,开始追梦之旅。

琐琐碎碎的事,散散落落地写。是"言志"主张的复归?是"文以载道"主张的背离?你不明白,只知道《关雎》,"咏后妃之德",圣人"列夫妇于首卷",闺房之乐,为何不能畅写?是人性的复苏?是对程朱理学的反拨?你并没有想到,只认为是发乎己情,存乎人欲而已。

也许你走的是习幕之途,少读了些"子曰""诗云",少读了"文起八代之衰"的韩文,不擅于"起承转合"的八股文字,也许是你和芸娘才子佳人的心灵契合,成就了大美的天心乐章。

大悲阁,开始了首章。

忽喇喇,闪电惊雷,银杏树激烈晃动,要倒向大悲阁;喀喇喇,屋瓦震响,梁柱间蛰伏的蝙蝠在昏暗中乱飞……

是警示,是赞许?

惊魂未定。

——旷野下,江北,天宁寺外的旷野之上,青青墓草下长卧的芸娘,能承受得住如此惊吓吗?沈复痴痴地想。

沈复(1763—1825?),字三白,号梅逸,生于长洲(今江苏苏州)。著有《浮生六记》,工诗画、散文。他出身于幕僚家庭,没有参加过科举考试,曾以卖酒、卖画维持生计。乾隆四十二年(1777)随父亲到浙江绍兴求学。他与妻子陈芸感情甚好,因遭家庭变故,夫妻曾旅居外地,历经坎坷。妻子去世后,他去四川充当幕僚。此后情况不明。

盛 世 悲 歌

——乾隆诗坛第一人:不第秀才黄景仁

盛世无遗才,如同"圣代无隐者,英灵尽来归"一样,不过是慰勉失意者的心灵鸡汤,甚或是一种反讽。尽管元典《书经·大禹谟》明明白白地写着:"野无遗贤,万邦咸宁。"

开元盛世,就没有隐者,就没有遗才?口蜜腹剑的李林甫和开元皇帝开了个不大不小的玩笑,开科取士,说"野无遗才",一个也没有录取。害得杜甫羁留长安,开始了品尝残杯冷炙、到处潜悲辛的十年。不知风流儒雅的孟夫子襄阳受累否?

康乾盛世,皇帝是大作手,流风所被,名家辈出:汪琬、朱彝尊、屈大均、纳兰性德、宋荦、查慎行,赵执信,笔走龙蛇,更不必说被奉为"一代正宗"的王士禛,被视为诗坛盟主的袁子才,"一袭盛唐面目"的沈德潜。他们以凤管鸥弦、歌钟无射,演奏黄钟大吕——堂堂正正的盛世之音。

多少人醉心于赏月,但有几个人能像黄景仁那样赏星。

除夕,欢声笑语,自家家户牖间传出。滴漏声迟,黄景仁——没人认识的游子,悄然立在市桥上。一颗明星,镶嵌在黑天鹅绒般夜空中,闪烁着,散射出寒光。你看了又看,一滴清泪潸然而下。

你欣赏星星，也是欣赏自我，像希腊神话中那西索斯一样，迷恋那水中的倩影，自己的。你想起画过的苍鹰，"虚光四来指毛发，杀气迅走兼英豪"。哪像如今身形的猥琐，灵魂的孤凄。年过而立，功名未就，俯仰由人，千里奔波，做幕友赚点银子，养家糊口。"惨惨风寒柴门夜，此时有子不如无。"过了元宵，又得别母抛妻，书剑相携走天涯。

你知道这炳耀夜气的寒星——金星，长庚，黄昏星、启明星，是升起最早、消失最迟的星辰，是星群中最为劳碌的一颗，又是最为光亮的一颗。

你想起一生倾倒的李白，记得这位前辈金星入怀而生的故事，"长星落地三千年，此是昆明劫灰耳"。你也要如李白一样，"陶熔屈宋入大雅，挥洒日月成瑰丽"，你想到自己的诗被朱学政爱重，为挚友洪亮吉、汪中激赏，不由释然安然……

从市桥回到神仙观弄的家，并不甚远。推开虚掩的门，儿女在灯下嬉戏，妻子在翻阅你一年来的诗稿，浸淫其中，顾不上抬头。此情此景，诗到了嘴边："汝辈何知吾心悔，枉抛心力作诗人。"

到帝京去。

津门，皇帝亲自主持的"诗歌大赛"，黄景仁名列二等，赐缎二匹，发往武英殿任书签官。

武英殿是修书的，你的职分是为编好的书题写书签，馆阁体的字，方正、均匀、雍容，如今，我无法从影印的《四库全书》的书封上，看出你的手迹。

冠带如云，这里，你见到正总裁、副总裁、总纂官、总校官，世子、贝勒、王公、大臣，翰林院修撰、编修。见到当代文章魁首纪昀、陆锡熊、孙士毅。可是有谁会正眼看一下你，连笔帖式都不是的不第秀才。

北漂，留京四年。

秋天，应天一次乡试，铩羽而归。

秋风里，迎来了家人，又送走了家人。"寒甚更无修竹倚，愁多思买白杨栽"。无以为衣,无以为食,无以为家。

栖身寺院,孑然一身。

又是除夕,又是新年。衣衫褴褛,你,随着伶人们来到大栅栏天桥,你和这班穷兄弟已经混熟了,混吃混喝,有时也粉墨登场,放诞歌舞。

驯虎表演开场了。

"何物市上游手儿,役使山君作儿戏?"你痴痴地想。

虎被牵出,俯首帖耳,"毛拳耳戢气不扬"。

听从——卓立,听从——探虎口,听从——以舌舔人,听从——盘旋作舞,听从——倒地佯死。

伶人们啧啧称奇,你默然无语。

回到斗室,灯下疾书成《圈虎行》。诗末排闼而来的议论,"此曹一生衣食汝,彼岂有力如中黄。复似梁鸯能喜怒?……旧山同伴倘相逢,笑尔行藏不如鼠。"表述对权势者的藐视,倾吐人性扭曲的悲哀,呼唤英雄人格的回归。

浮一大白,畅然,旋又怅然茫然……

黄君,我从未见面过的前辈,只能从诗里走近你。

你看穿了这浊世亘古以来没有人道出的秘密,用天真未凿的眼,就像是孩子用手轻轻地戳穿一层窗户纸。

京城之大,没有你容身的一席之地。

躲债,你不得不再往"北漂",确切地说,是"西北漂"。到西安去,投靠能赏识你才情,能"圈养"你的恩主。

风雪长途,运城,羸病的你,走了,又一颗"长星落地"。

时年三十有五。

黄景仁,"乾隆六十年间,论诗者推为第一",诗论家认为。

第一,不如说是"唯一",他的诗,岂止于凄苦,岂止如"哀猿叫月,独雁啼霜"。

黄景仁(1749—1783),字汉镛,一字仲则,号鹿菲子,清代常州府武进县(今江苏常州)人。黄景仁四岁而孤,家境清贫,少年时即有诗名,乾隆三十三年(1768)为求生计开始四方奔波,一生穷困潦倒。乾隆四十年(1775),27岁时赴北京,次年应乾隆帝东巡召试取二等,授武英殿书签官。乾隆四十三(1778)捐县丞,未及候补,乾隆四十八年(1783年)病逝。诗学李白,所作多抒发穷愁不遇、寂寞凄怆之情怀,也有愤世嫉俗的篇章。七言诗极有特色。亦能词。著有《两当轩全集》。

留存在小说中的面影

——校邠庐主人冯桂芬回访洪状元

同治五年(1866)六月,早晨,上海。

冯桂芬,站在校邠庐小楼窗前。

烟雨江南,人声、辚辚车声、应和不已的鸡鸣,茅舍、瓦屋,水沟,泥泞的小路,带着霉味的水汽,袅袅升起的炊烟,一切与故里没有太大的差别。

栖居洋泾浜,已经六年。冯桂芬不由惦记起兵劫后木渎小镇的新宅,被称为"榜眼府"的。书房前,那树老梅是否依然婆娑?

"祸福相依",逃亡,未始没有得益。在市声里,他把积年的构想——关于中国内政、外交、军事、文化、教育改革的系统主张,整理成《校邠庐抗议》。他回身打量了放在案上的两卷书,想起先师林公则徐的教诲:"位卑未敢忘忧国"。虽说自己做过翰林编修、学政、右中允,但久已解职,"抗议"称得上是野老、布衣、匹夫的献曝之言。

梳理一下,今天的办事流程,假日,同文馆不必去,抚院李鸿章那边没有什么文稿等着要拟,且去回访前两天来过的新科状元洪钧。

洋泾浜——租界,也就是人们称为"夷场"的地方,只要越过一座小桥,就似乎到了另一天地。进入后,轿夫的步履似乎也变得轻捷,轿子也不似华界那样颠簸,圆石路替代了乡间小道。

"夷场",几年来,冯桂芬不止一次来过。墨海书院,与洋教士倾谈,看过那里"奇技淫巧"的器物,见到过侃侃而谈的甫里秀才王利宾——后来改名为王韬的,带回过不少他翻译过来的西方典籍;跑马场、骑士、骏马、驰道,鼓噪的观众,速度与激情交织,狂野热烈,让他领略到世界上除了赏花品茗、分韵酬唱之外的另一种欢乐。"夷场",让他清楚地意识到华夷差距:"人无弃才,不如夷;地无遗利,不如夷;君民不隔,不如夷;名实必符,不如夷。""夷场",如同西洋文化的展示厅,让他这个不出国门的文士也能睁眼看世界。

穿过外滩,冯桂芬打起轿帘,看了一下矗立在堤岸边的戈登像。这位中国提督,英国爵士,自己的故友,听说他到了非洲,血洒在那里。

洪状元落脚的天宫后客栈,终于到了。

"天宫后",在曾朴《孽海花》中,化而为"名利栈",洪钧,也化而为金沟。这也许是体现小说与非虚构文学的区别,好驰骋想象。

会见是实有的事,细节不免掺杂进小说家的虚构。这场会见,堪称当时中国文化界的华山论剑,中文报纸《申江新报》还没有问世,英文报纸《字林西报》的记者没有捕捉到新闻线索,历史的留存,只能依仗这小说文本。

五十八岁的乡贤长者,二十九岁的状元殿撰,比不得当年江苏巡抚林则徐对待生员冯桂芬那样耳提面命,只能在礼仪性的回访言谈中道出自己对世事的见解——《校邠庐抗议》的要旨。

"现在是五洲万国交通的时代,是不尽可以用世的。""我看现在读书,最好能通外国语言文字,晓得他所以富强的缘故,一切声、光、化、电的学问,轮船枪炮的制造,一件件都要学会他。"在乡前辈面前,金(洪)状元只能唯唯。

"你现在清华高贵,算得中国第一流人物。若能周知四国,通达时务,岂不要上一层呢!"说着说着,冯桂芬不免有点忘情,显得老气横秋。但金(洪)殿撰,也只能继续聆听,不好、不能也不便发作。

冯桂芬接着说到举业上来了,言下之意,应试之学不及西学多多。凭着举业成为文章魁首、人中龙凤的殿元公,似乎不能不回应几句了,恰好又有苏州客人来访,冯、金(洪)会谈,就此告一段落。

交浅而言深,是官场大忌,冯桂芬不是不明白。但是他是把兴复大清的希望寄托在刚升起的政治新星身上。

冯桂芬的话,洪钧未必全明白,也未必能全听进,《校邠庐抗议》他虽然见到过,但没有细读,其中一些意见,也不能首肯。

多少年后,洪钧作为钦差,驻俄、德、奥、荷兰四国大臣,依然穿着国内带去的厚底靴和布袜,外国人想要为其拍照,他拒绝,担心会勾走灵魂。在使馆的小楼里,他运用乾嘉考据之学,成就了《元史译文证补》三十卷,进入了史家之林。"一切声、光、化、电的学问,轮船枪炮的制造",外国"所以富强的缘故",都没有顾及,更不必说通晓外国的语言文字了。他不过是把苏州悬桥巷状元府的书斋,吊装到彼得堡、柏林、维也纳、阿姆斯特丹,尽管人在国外。自信导致保守,保守导致愚昧,终因被愚弄而召来"辱国丧权"的罪名,被弹劾,——外交钦差落寞地走完人生长途。

如果那场对话不是匆匆结束的话,冯公恺切的话语,会不会启发状元公的心智,让他的人生轨迹,如黄遵宪、曾纪泽、黎庶昌,不仅是杰出的外交家,还能引领一代风骚?

历史不容假设,洪状元只能作为小说人物连同宠妾傅彩云——后来改名为赛金花的,容人们解读。

冯桂芬(1809—1874),字林一,号景亭。江苏吴县(今苏州)人。林则徐门生,道光进士。授翰林院编修,曾充广西乡试正考官。咸丰三年(1853),太平天国定都南京,冯桂芬在苏州兴办团练,为清王朝收复松江府诸城,升右中允。但赴京一年即告归。咸丰十年(1860),太平军占领苏州,他逃到上海,参与会防局活动,为苏南官绅写信向曾国藩求援,促使李鸿章率淮军至上海攻打太平军,并参加了李鸿章幕府。他协助李鸿章创办上海同文馆,晚年在上海、苏州书院讲学。他的主要著作《校邠庐抗议》,为洋务派和改良派的改革提供了顶层设计。

洪钧(1839—1893),字陶士,号文卿。江苏吴县人。同治年间状元,任翰林院修撰。后任学政,内阁学士。清廷驻俄、德、奥、荷兰四国大臣,总理各国事务衙门行走,兵部左侍郎。在出使期间,获得西方资料证补《元史》。撰成《元史译文证补》三十卷。光绪十八年(1892),发生帕米尔中俄争界案,因误购地图,致被沙俄抓住把柄,险些丧权辱国,洪钧遭到官员们的联名弹劾。后虽弄清真相,终因打击过重,愤恚交集,染病而亡。

瓶隐庐主人的梦

——忧者翁同龢

空旷的平野上，兀立着一座小楼。小楼坐落在庭院里，一块方正的石板——叩石，安置在院落中心，一口井——渫井，贴近墙边上，没有井栏，花木掩映着贴近小楼的回廊。

坐在书案边，临帖的老者，倦怠了，伸了个懒腰，摘下老花眼镜，走到窗前，一个深呼吸嗅进了来自院落外的菜花地里和院落里的花香。

每天的功课总是记得的，用不着夫人、丫鬟提醒。

随着不远处兴福寺晨钟叩响，起身梳漱，在佛像前上一炷香，念三遍《心经》，沉下心来默诵几遍圣谕："姑念其在毓庆宫有年，不忍严遣。翁同龢着即回籍，以示保全。""今春力陈变法，滥保非人，罪无可逭。……前令其开缺回籍，实不足以蔽辜。翁同龢着革职，永不叙用，交地方官严加管束。"然后用餐，临帖，从《张猛碑》《好大王碑》到《华山碑》。

翁同龢打量了一下自己临好的一幅字，想起前一阵从南通来探望的张季直的话："老师的字进入了新境界，老健、厚重，颇有北碑味道。"张謇是自己最得意的门生，是自己一手简拔出来，还记得那年秋闱前，轻车简从，亲自到京城关帝庙去看望他的情景，还记得拿着春闱殿试的考卷向皇帝推荐的时候说的话：人才难得，经世致用之才尤为难得。如今他在南通办实业，在东南开创了一番事业。当下赖以栖身的小楼——瓶隐庐和庭院，还是他出资建造的。想到这些，翁同龢不由沉吟了一下：文章雕虫，壮夫不为，何况只是书艺呢，于国于家何补！

从京城石驸马大街来到先人坟茔之侧，一千多天了。山中岁月，坐看云起云飞。下午，他常常走到尚湖边、虞山下，和钓者、耕者闲谈，谈天气，谈收成，他记得自己当过"司农"——户部尚书；到兴福寺和老僧谈禅，和着僧人参拜、礼佛。

"瓶庐"蜗居，闭目塞听，不问天下事；"瓶庐"锁口，不妄言，牢记祸从口出。可是世事怎能忘了。他记得前一阵乘船来到城西，两个农家子弟追着自己的船喊冤，从一百多里外的靖江赶来的，诉说自家受到舟弁"水上巡警"的凌辱，上访无门，只能来找翁相国。他们听说相国青天，平反了"杨乃武与小白菜"的冤狱。此一时彼一时也，无能为力，又怎能说得清呢！"赠汝以一言，至柔能克刚。叩头谢老兵，黾勉供酒浆。毋为妄号诉，天意终苍茫。"忍气吞声，顺从，在这样的制度下活下去。

免不了看报纸，《邸报》是看不到了；《时务报》《国闻报》不敢看；《申报》《字林沪报》，《万国公报》，每天由常熟—上海的班船带来，可看到当天的。一千多天之内发生了多少事。昔日举荐的贤才杀的杀、逃的逃；昔日的对手，徐桐、刚毅，也求仁得仁，各得其所。他想从报纸的字里行间，多少得到一点今上，那同样居于"瓶庐"——北京瀛洲之上的光绪皇帝的信息。"同是江湖栖隐人，因君诗句感西巡。入关首问闾阎苦，过洛还清辇毂尘。"那是庚子年间，八国联军打进北京城，慈禧、光绪向西逃走的事，毕竟是一代圣君，进入关中，蒙尘还垂问百姓。

多少事，昨夜梦魂中。毕生的经历织成一片，母亲的温语，祖母的叮咛，父亲的庭训，先皇赐宴的不次之遇，教读两代君王调教的辛劳，宦海沉浮的险恶，朝廷对簿的慷慨陈词，被逐出京门的凄凉。持着火把来的兵勇,宣读圣旨的官员,涌进来了。他猛地坐起身,从枕头下抽出利刃,要奔向院落中的井边,义无再辱。"老爷,什么事也没有,狗也没有叫。"

如是的梦,做着,千百遍的重复,多种多样的剪辑。留在梦中吧,改一个结局,君臣际遇,成就一番伟业,海晏河清,万国来朝,重振大夏之天声。不要这样的梦,渔樵耕读,在山清水秀的江南度过一生。

原载《中国乡土文学》2016年第三期

翁同龢(1830—1904),字叔平,号松禅,别署均斋、瓶笙、松禅、瓶庐居士、并眉居士等,别号天放闲人,晚号瓶庵居士。常熟人。清咸丰六年(1856)状元。官至协办大学士,户部尚书,参机务。光绪戊戌政变后被罢官归里。中国近代史上著名政治家、书法艺术家。

紫禁城的黄昏

——带着永远的怅恨离世：王颂蔚

紫禁城的黄昏，如此美丽，乾清门、内右门一带，赭色宫墙，原本有些剥落陆离，但在夕阳的投射下，红里泛金，了然无痕，显得分外华丽。

军机处值夜，是悠闲的，带上朱丝栏的稿纸，听着更漏，誊录文稿，只要没有什么诏令等着拟草。军机章京王颂蔚的《明史考订捃逸》四十二卷，有一多半就是在夜间当值时写成的。

这些日子，王颂蔚又从笔记、杂录中钩沉出一些材料，熹宗、思宗两朝的：庙堂内外，宦官专权，文酣武嬉，卖官鬻爵；神州陆沉，辽饷、边饷、练饷，民不堪命，旱灾、匪祸、边寇，赤地千里。鲜活的材料，像是当代史实录。王颂蔚抄录时，心底沁出了血，手都有些颤抖。

当值，本该是上灯时分。王颂蔚早来，是因为翁同龢相国说，北洋海军衙门已呈上朝鲜地图，要他当值时来拿。

走了长长一段路，竟然有点喘，抬不动脚，他叹了一声，四十有六，岁月不饶人。

他先站定，整理一下衣冠，对着军机处的长廊打量，不意发现了属于紫禁城的黄昏。

落日熔金，暮云合璧。今夜，该是一个没有星辰的夜。

紫禁城的夜，如此寂寥。从宫城里传来的柝声，悠长、悠长，王颂蔚似乎听到自己的心跳,听到了大清国的政治心跳,缓慢,无力,间隙如此之长。

摇曳的烛光下,王颂蔚打开了刚拿到的地图,疏漏、纰缪,没有经纬线,还是大清圣祖时遗物。摇头,叹气……再打开友人从日本带回的中国辽东地图,精密,山川河流、村墟城镇、街巷宅院,连水井也标志得清清楚楚,《朝日新闻》报馆印刷的。他不由闭上了眼,一滴清泪落下来,在稿纸上漫漶开了。

大清、日本军队,在平壤对垒,战争即将爆发,军机处连一张朝鲜地图都没有。如何应对?如何决策?而今拿到的竟是这样的一张。

"老佛爷就要六十寿诞了,一位封疆大臣请托代撰贺表,我想了几句'母仪天下,海晏河清,四海升平,万国来朝',还能再写些什么?芾卿。"

没有应答,王颂蔚掩袖伏在桌子上,似乎在假寐。

梆子声由远及近,他清晰地听到更夫的呼喊,"平安吉祥——",在宫墙廊宇间回荡。

一年后,紫禁城七月之夜,真正的平安夜,《中日马关条约》签订,战火平息。宫墙、廊宇忙着修缮,准备迎接圣母皇太后的寿诞。王颂蔚不能再来军机处值班,他走了,永远地走了。

多少年以后,英国传教士庄士敦写下《紫禁城的黄昏》,书中写的宫墙斜晖似乎比王颂蔚见到的更为凄清美丽。

原载《中国乡土文学》2016年第三期

王颂蔚(1808—1895),字芾卿,号蒿隐。江苏长洲(今苏州)人。明大学士王鏊十三世孙。清光绪六年(1880)进士,授庶吉士,后改户部主事,补军机章京,官至户部郎中。清正廉洁,直言敢说,力主变革图强,购北洋军舰浮报冒领一案的上奏文书即为其所撰草。甲午年,中国战败,他受了很大的精神打击,七月,染疾而亡。

神 往 大 海

——从小镇走出去的年轻人王韬

小镇,从来就是这样,太阳刚升之时,街上人头攒动,侧着身子都难挤过去,太阳落山之时,冷冷清清,一粒石子,从街东头扔到街西头,不会砸到一个人。从杨惠之在保圣寺塑罗汉的时候,陆龟蒙在斗鸭赋诗的时候,直到后来叶圣陶和夫人散步走过牛眠泾的时候,都是这样。小镇的名字不时在变,有时叫甪直,有时叫甫里。就是在那称作甫里的年代里,牛眠泾不远的地方,王家有个叫做利宾的年轻人,总是喜欢在黄昏时分于街上走动。

下塘桥边上小店的朝奉知道,天晴的日子,傍晚,王家少爷总是踽踽独行,步入街中心小巷深处的保圣寺。礼佛?谈禅?其实都不是,只是在寺院的松海中,听着松涛澎湃有声,看着西天云海变幻。

利宾小的时候,问过妈妈,门前的小河水流到哪里去?流到海里。海是什么?海的那边又是什么地方?妈妈无法回答。读书以后,他知道了百川归海,海,横无际涯,由鲲化为的鹏,扶摇直上九万里,六个月才到最南端。张华的《海赋》,写出了海的朝晖夕阴的万种风情。他想从小镇走出去,到海上去,到海那边去。

秀才—举人—进士—官员,小镇张老爷、李老爷走过的路招引着他。他顺利地跨出了第一步,十八岁中了秀才第一名:案首,可接下去,到江宁应乡试却铩羽而归。是秦楼楚馆的管弦、脂粉搅乱了小镇少年的心，还是对大海的向往，让他静不下心，无法挥洒出掷地有声的文章？

落第而归，却提供了走近大海的机会。弱冠之年，去上海探亲，见到伦敦会教士，看到坚船利炮以外的洋东西：一天印上几千本书的活字印刷厂、天文仪器，看到有异于四书五经的西方典籍。

机缘，——为洋人译书，比留在小镇当塾师，收入要丰厚得多，于是绝意功名，留居海上，把中国经典译成英语，订正《圣经》汉译本。"太初有言，言与神同在"，那半文半白的腔调，是出自王先生之手吧？我想。

灾难，——成了朝廷钦犯。奔亡，从香港出发，历新加坡、槟榔屿、锡兰，过亚丁湾，至开罗，出地中海，抵马赛，越里昂，达巴黎，穿过英吉利海峡，抵伦敦。泛舟塞纳河上，激赏拉丁区咖啡馆无限风情，徜徉于罗浮宫艺术长廊，演讲于牛津大学、爱丁堡大学。

当年江南小镇籍籍无名的落第秀才，挣得太多的第一。最初的报人、政论家，最初的公共知识分子，最初按西方模式举办的书院的山长，最初的中西文化使者，最初的变法——制度改革的倡导者。

谁的眼界能比你高？同时代的同乡冯桂芬、洪钧，还是学者名流郑观应？他们或是岸边观海，望着西方的海市蜃楼，欣赏华丽的彤影，感受到凌厉海风的寒意，大厦将颓的危机；或是于海边试水，让水轻轻地抚摸自己的脚，感受到的是西方器物文明带来的舒适、便利。谁能像你一般弄潮于诸海之上？

多年后，重回故园，你不复是利宾少爷，而是"精通洋务"的王韬老爷。

小镇没变，不过桥边小店的朝奉已换成他儿子，保圣寺的主持圆寂了，如今当家的是当年的小沙弥。松林还在，依然能逗引起听涛的雅兴，你伫立在林中，谛听着千山落叶、万壑奔流的涛音。眼前奔腾而过千军万马，——华夏古国的新军，眼眶里湿润润的了。

原载《中国乡土文学》2016年第三期

王韬(1828—1897),中国近代著名思想家,我国新闻史上第一位报刊政论家,近代报刊思想的奠基人。苏州府长洲县甫里村(今苏州市甪直镇)人,初名利宾,字兰瀛;十八岁县考第一。后改名为王韬。有《普法战纪》《韬元文录外编》《韬元尺牍》《西学原始考》《弢园文录外编》《淞滨琐话》《漫游随录图记》《淞隐漫录》等四十余种著述。

雅文丛

通脱澄明

神闲气定
真淳——
繁华落尽后的
留存
目力所及的
地方
款款走出——
婉娈女子、学人、名家

被称为
传人、范儿、大师
留下
美丽的凄清

无望的守望

——末世经师曹叔彦

放逐,自我放逐,不是循着屈原顺江而下的古典路线。

退隐,中隐于市,不是孤竹国二子首阳采薇、耻食周粟。

幽闭,苏州,阊门西街,曹家宅第。

深深深几许的庭院,老梅婆娑;阳光射不透的厅堂,鼎彝陈设;卷帙浩繁的书房,心字香烧;次第开放的梅花、海棠、杜鹃、魏紫、姚黄、红药,点缀着闲亭、假山、池沼的后园,伴就你——一方自足的天地。

经生,进士,中书,郎中,翰林编修,

闲职,微官,士大夫,平平常常的人生经历。

曹公叔彦,你没有必要死守"忠臣义士"的名节,君不见,宪政共和的风涛,早就席卷二十世纪的神州大地;将相、督抚、廉访使,早就咸与维新,附会革命。

服饰,你依然长袍、马褂、箭袖,垂着长辫,爱新觉罗氏进入山海关时的行头。

四十年坚守——晨间朝拜的礼仪,点烛,焚香,默祷,跪拜。尽管你不知道也不想知道,蒙尘的溥仪皇上,是在天津,长春,还是在西伯利亚、抚顺,是当寓公、儿皇帝,还是待审的囚徒。

主上的荣辱,在你心中已不存芥蒂。你并不想去小朝廷讨"内书房行走""几品顶戴"的封赠。主上,只是一个符号,神殿中供人膜拜的偶像。

著书,校勘,注疏,纠谬,正义,顺着顾炎武、颜元开辟的训诂之学的路走,汉儒一般:皓首穷经。

几乎全盲的你,凭着记忆,口述着自己的学术见解,让你的弟子去检索资料、核正、著录、留存。你不计功利,甚至也不去考虑著述的去向:藏之名山,还是传之其人。

授徒,没有绛帐,中国古典式的学术沙龙。切磋讨论,问难辩驳,从你的厅堂、书房走出去王欣夫那样的文献学大师、王謇一代苏州地方史名家,还有多少至今顶着国学大师头衔的博导、教授。

你没有俞曲园、章太炎那样的名望,也不像另一类遗老王国维那样,常被人们话及,甚至连你家乡的方志,在"乡贤耆旧"群中也没有只字存留。

只是一个叫做高仓正三的日本人——被帝国外务省派来的特别研究员,在那本未必完全的《苏州日记》里,记下你的踪迹。他惊讶你历经劫难依然健在;他害怕你,觉得没有颜面去见你。是因为你坚守夷夏之辨的《春秋》经义,还是因为他自己失去学术操守,忙着为帝国搜罗信息?①

---

① 见《苏州日记》(高仓正三著,孙来庆译,古吴轩出版社2014版)第67页:"曹叔彦我实在无颜见他了,根本没有想到他老人家还健在。"

无望中守望,在吊诡中,你完成自己。

原载《中国乡土文学》2016年第三期

曹叔彦(1867—1952),江苏元和(今苏州)人,清光绪二十年进士,历任郎中、中书、翰林院编修,但均未就任。曾应张之洞聘请,主讲两湖书院,主编《十四经学》,后任江苏存古学堂经学总教习。清朝覆灭后,于家著书授徒。著有《礼经校释》《周易郑氏注笺释》《孝经校释》《孝经集注》《古文尚书郑氏注笺释》《复礼堂述学诗》等,共两百余卷。被认为是苏州继顾炎武以后的经学大师。

倦飞思静　执一而行

——终老苏州：学者章太炎

民国二十三年，1934年，也就是全面抗战爆发前三年。国学泰斗章太炎打算卜居苏州，终老于斯。

多雨的春天，难得朗晴，风，料峭中有丝暖意，章太炎看着新建的锦帆路旁，杨柳爆出了嫩芽，米尖一般，宅边的迎春花，灿然如金，舒展着夭俏的枝条。

"昔年植柳，依依汉南"。见到几及盈抱的柳树，章太炎不禁想起最初来苏州的情景。三十三年前，也就是光绪二十七年，他因自立军案件的牵连，逃避清廷追捕，经人保荐在东吴大学任中文教习。

三十出头一点，讲授中国文学。课，两节课连上。下课了，学生要求讲下去，不休息，再讲；两堂课结束了，学生要求再讲下去。拖堂，再拖堂，越讲越起劲。后面的学生围在门外等着进教室，在窗外探头探脑，想打探个究竟。斋夫，也就是校工，围绕教室，一次次摇铃，昭示下课时间已到。课堂里突然冲出来一位学生，从斋夫手中夺下摇铃扔到几丈外，说："章先生讲国粹之学，我们正专心听讲，你竟敢摇铃来分我们的心！"

记不得教的是庾信《哀江南赋》，还是史可法《答多尔衮书》，或是邵长蘅《阎典史传》，总之，是辞章之学，因为与校长孙乐文有约在先，绝不进行革命宣传，但血脉贲张的激情和所寄托的光复故国的理想，感奋了同样年轻的学子。

记不得学生中有谁陪自己来过这里——夫差曾经锦帆泛舟的水泽边，张士诚宫室旧址的王废基；——记不清自己是否有意植柳，或者无心插柳过，不过彼时柳树还不及盈握。

垂垂老矣，近年来，北平、上海、苏州的多次国学讲演，似乎都不如当年授课时那样令人神往、使人心怀激荡。林语堂《论语》上的讥讽文字，章太炎没有见到，《申报》和《宇宙风》的报道，倒是见过的，"听众莫名其妙，却向同伴丢个眼色，嘴里也歪出十分之几的微笑。这笑似乎没有丝毫的同情与敬意，我看了难堪，而章先生安然自在……这里，我仿佛看见章先生心灵的凄独。"他默然、哑然，别人没有提起，自己也没有向别人提过，但是他想开辟另一条走入公众之心的路。

定居，规模化办学，像汉代郑玄那样，"括囊大典，网罗众家，删裁繁芜，刊改漏失"，开经史研究的新路；像朱熹那样，师生共同切磋，开一代风气；像张载那样，存亡继绝，开万世太平。

来到锦帆路，就是为了给即将兴办的苏州章氏国学讲习会觅址。一栋即将完工的中西合璧的楼房，在路东南的斜坡上。清水砖墙、青平瓦屋面，质朴无华；大门边两根罗马式立柱，雍容大度，贴切地反映出章太炎——民国元老、顾氏、惠氏、俞氏东南朴学传人——的气度、风格，似乎是为章太炎量身打造的。

房屋产权易手的事，很快达成，秋天，也就是新学年开始的时候，一所现代高等学校，开始运行了。

这所以继承汉代太学、精舍，魏晋清谈、唐宋以降的书院为特色的国学教育机构，以章氏个人的名义、个人的学术声望、个人的绵薄之力营建起来的，在这里生存了三年光景。

先是章先生的离世，1936年初夏，芍药花谢的时分。专意学术，据有学术高地,让中国传统学术绵绵不绝,发扬光大。章太炎本是学术人,学术是他的本位,办学是精神回归,并不是用他人和自己手造的墙与公众隔开。

记得他少年时的文字:"上天以国粹付余……国故民纪,绝于余手,是则余之罪也。"大有韩文公在《原道》中所显示出的担当精神。

我想起舒伯特的名作《天鹅之歌》,苏州章氏国学讲习会,就是那位余杭学人奉献给我们民族的一首教育诗,为中国传统文化所写的至美、至情、至哀的歌曲。

建筑是凝固的音乐,每次走过锦帆路,总在章宅小小留步,总是想听听先生的述说,无声的,我。

章太炎(1869—1936),原名学乘,字枚叔,浙江余杭人。后易名为炳麟。因反清意识浓厚,慕顾绛(顾炎武)的为人行事而改名为绛,号太炎。世人常称其为"太炎先生"。清末民初思想家,史学家,小学大师,朴学大师,国学大师,民族、民主主义革命者。著名学者,研究范围涉及小学、历史、哲学、政治、佛学、医学等,著述甚丰。

你，也值得纪念

——生与死引发的评价倒转：杨荫榆

最早见到你的名字，是在教《纪念刘和珍君》时，半个多世纪以前。

语文课本注释里，点出了你的文行出处："[杨荫榆]1924年开始任北京女子师范大学校长，依附军阀政府势力，迫害进步学生，镇压学生运动。"直到二十世纪九十年代中期，语文课本仍是如此，尽管媒体文字，对你已有不同说法。

一篇篇文字，苏雪林、俞明、杨绛、尤玉淇、朱红诸先生的，披露你的生命结局：惨死于日军士兵之手，陈尸于苏州吴门桥的河里，时在1938年1月1日。尽管细节的叙说微有不同：诱之出门，推其下河，再枪杀；于桥上枪杀，再推其下河；推其下河，任其溺死；但结局——死亡却是相同的。

你可以不入地狱，也可以不必多事，一次次去苏州的日本军部宣抚办交涉。为揭露日本士兵的暴行，为邻居不受抢掠骚扰，为女学生不受凌辱。

你执着地去了，一如你到课堂去上课，到礼堂去演讲，从容淡定，穿着你的礼服——被戏称为"博士服"的披风，夹上黑色的皮包，颤巍巍地走了。

有没有"干练坚决、百折不回"的气概，是不是"殒身不恤"的事实？

但我以为你确乎是"惊心动魄的伟大"。

当下该如何评价？找一本新编的中学语文课本看看，二十一世纪的版本。那条注释，是去掉了，"依附""迫害""镇压"的字样，不见了。是平反，改正，还是回归学术本位？

但又添了两个注释。在北京女师大学潮中，"杨于1925年5月7日，借召开'国耻纪念会'为名，强行登台做主席"，被学生赶下台，接着就是许广平、刘和珍等六位学生被开除，你带领警察、教员驱赶学生出校之事。

"以事实为根据"，法学用语；"让事实说话"，新闻学用语，编者兼而用之，让教师、学生自己去辨析。

耍小心机、蛮横无理，耍泼无赖，全然没有师长之尊，不像一个女子大学的校长。——可能推导出的结论，至少我是这样想的。

杨荫榆的死，确切点，是"死"的真相的披露，把她从历史的耻辱柱上解脱出来，却又把她陷入用"事实"话语构成的沼泽。

杨荫榆其人，鲁迅在他的多篇杂文中作过剖析，人性的、悲悯的、直指心源的。

鲁迅认为杨氏可归入"拟寡妇"一类，即"是指和丈夫生离以及不得已而抱独身主义者"，心理很有些变态，缺少妻性的温婉、和顺，母性的慈祥、宽容，多了单身女性的性格弱点：敏感、多疑、妒忌，因而学校管理方式不免僵化，情绪化。他似乎了解杨荫榆的人生历程，认为她是"幸而自立"，"又转而凌虐还未自立的人"，犹如"童养媳一做婆婆，也就像他的恶姑一样毒辣"。

敢于与恶姑对骂，与旧礼教决裂的民国新女性，总是以一种战斗的姿态对待所面对的一切，她不懂得作为女校长所面对的是和当年自己一样的青春女性、叛逆一代。

对待新思潮，对待年轻人，要有大智慧。在这点上，你不如蔡元培、

揉碎江南烟水——历史的重释

梅贻琦、张伯苓、竺可桢,不如你的前任许寿裳,你不会刚柔兼济,绵里藏针,循循善诱。

你急于把从大洋彼岸杜威、孟禄那里学来的教育理论,施之于生身的土地,让学生们成为"国民教育之母之母"。

秉从何人,体现哪个集团意愿,也许你从未想过,只是想实现你教育救国、教育使妇女人格独立的梦想。

你顶着"国民教育之母之母之婆"的谥号走了,留下辞呈。

但你最后还是被撤职,——作为你"办学无方"的明证。

回到你苏州的家人身边,你在这个港湾里酝酿新的起航。

你以一个普通教师的身份,出没于大学、中学的讲台之上。

我,在有声有色激情澎湃地讲授《纪念刘和珍君》的时候,在随着讨伐大军,揭露你的"劣迹"的时候,并不知道你曾在我任职的学校教过书,回廊、讲台、办公室都曾留下过你的身影。

纵然没有那壮烈的死,你,也值得纪念,我想。

杨荫榆(1884—1938),出身于江苏无锡书香门第。美国哥伦比亚大学教育学硕士。她一生坎坷,早年不幸的婚姻使得她终生不再嫁,致力于教育事业,为中国近代史上第一位女大学校长。但在治理北京女子师范大学的过程中,因教育理念不同,自信武断,与学生对抗,终被撤职。后至苏州,于东吴大学、苏州中学、振华女中等校任教,并自办二乐女子学术社。抗日战争期间的1938年,苏州沦陷,她不畏艰险,挺身而出保护自己的同胞,被日军杀害。

小楼昨夜

——百年孤独：学者、作家苏雪林

废墟，荒园，留存在喧嚣城市一角，曾经的大门，砌死了，成了自足的天地。

春来了，灰鸽子栖息在裸露的梁上，调情，咕咕地叫，蔷薇、香水百合，盛开，蜂蝶缭绕；夏来了，泥地、砖砌小路的隙缝间野草疯长，小园，苍绿一片；秋来了，秃的梧桐舒展筋骨，将华裳脱卸，掌大的叶片覆盖萎黄的小草；冬来了，白茫茫一片，遮盖住散落在草丛中的塑料、铁皮、废纸，危楼破壁、平屋残垣，粉妆玉琢，傲视着对岸大学里的琼楼玉宇。

再有三年，小楼，九十高寿。

小楼，和一切耄耋老人一样，不能忘情于昨日，总做着繁华梦，总用它伤残的躯体——被掀开屋顶、裸露出的梁柱，散落于楼板上的木条、泥块、瓦片榔头狠狠惩戒的墙壁、墙外常青藤的枯茎败叶、玻璃不复留存应和风向摇曳的窗框，脱落了铰链歪斜地站立的门——语言，无声而又絮絮叨叨地陈述……

小楼的繁华梦，著录于苏州文学史，苏州大学官方网站"大师风采录"之中。繁华梦，与小楼主人际遇紧紧扣着：乐感、苦感、快感、性感、痛感、满足感、成就感、失落感、辛酸感，进入与走出，直至决绝离去。

小楼,犹如搁浅在河滩上的船,由砖木、钢筋、水泥、石灰打造成的,顺着东西流向的小河。

人文学者推究过设计者的匠心:是男主人张宝龄——东吴大学的理科主任,美国麻省理工学来的造船术无处运用,姑且用砖木来小试牛刀;是追求最大效应的商业心理驱动,因地制宜,用船舶结构力学替代了建筑美学?

不过,除了过分挑剔的女主人、文学青年苏雪林以外,坊间没有太多的议论,其时还没有互联网,没有地方吐槽、共享,茶馆里说三道四,转眼,随风而逝。

"船只"满意于自己的存在,尽管永不起航。

是船,也是房。上下两层,客厅、餐厅、主卧室、客房、书房、盥洗室、储藏室,为未出生孩子预备的婴儿室,一应俱全。

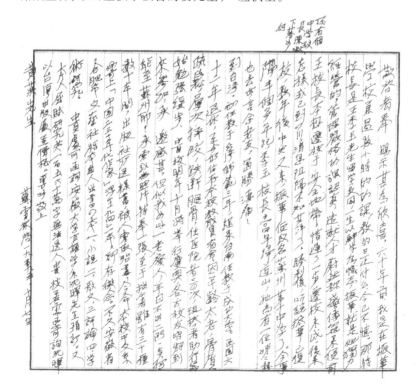

楼头,罗马式立柱托起的阳台,犹如船头的瞭望台,可以窥见远处拱形古桥,宅边人家的小院。

阳台上,女主人苏雪林常架起画架,捕捉刹那间变幻不定的晚霞天。

男主人却没有这样的好心情,阳台不过是一个制高点,可以清楚地看到临街的门,小径分叉的园子,园中的果木、平屋。

相夫教子的闺阁教训与个性解放潮流的冲突。

一年、两年、三年、四年,婴儿房始终空关着,辜负了秋月春花,辜负了翁姑含饴弄孙的热望。

书案上除了女主人的旧作《李义山恋爱事迹考》和《绿天》以外,又添上新出的小说《棘心》。小说是苏雪林伏在西窗下的书桌上写就的,是"纪念我最爱的母亲"。

母爱与性爱的冲突,泯灭人欲与张扬个性的选择,天真幻想与严酷的现实映照,道出了她自己,也是同龄人,在亲情浸润的封建伦理与婚姻自主之间的无奈选择。

写出,就是发泄,就是自赎,就是去魅、去惑、去蛊。

一个娜拉出走,到安徽大学去;一个骑士,回到船舶工程师岗位上去:各自守住自己的尊严。

小楼见证了,为寻爱、打造爱而来,在静谧古城厮守到白头的男女青年的梦。小楼见证了,为寻找各自的幸福,坚守各自的心房而不得不分手的悲剧。

院内蔷薇、百合,不知年年是为谁而开?偶然归来的主人,常伫立西窗远眺。

地覆天翻,小楼易主。一度又成为这所大学高贵、奢华的一座,有身份的教授、领导才得以栖居。小院重新喧闹。

小楼并不岌岌可危,然而也显出老相,营建时留存的种种弱点,终于彻底暴露。人们逐渐离去,小园终于成为荒园,成为废品收购站,终于沦落到要被拆除的命运。

废墟,无人过问的荒园,留存在喧嚣城市一角,曾经的大门,砌死了,成了自足的天地。

哈佛归来研究中国现代文学的游子,想撰写《苏雪林评传》,在废园外踯躅,想进入找点现场感而不得,只能站在桥上、大学的崇楼广宇上远眺,在"大师风采录"上瞻仰。

四年,《苏雪林评传》早已杀青,游子打算再来苏宅,观光修缮一新,或者说修旧如旧的大师故园。

——仍是破壁残垣。

小楼,依然做着昨夜的梦。

苏雪林(1897—1999),名苏梅,字雪林,以字行,笔名绿漪、灵芬、老梅等。安徽太平人,现代著名作家、学者。一生跨越两个世纪,杏坛执教50载,创作生涯70年,出版著作40部。她一生从事教育,先后在东吴大学、沪江大学、安徽大学、武汉大学任教。后到台湾师范大学、成功大学任教。她的作品涵盖小说、散文、戏剧、文艺批评、文学史研究。1926年春,苏雪林在苏州景海女师任国文科主任,教国文,在东吴大学兼教诗词选读,并于振华女校兼课。同年八月,其夫张宝龄受聘为东吴大学教授、理科主任。苏、张均满意苏州小桥流水的幽静环境,决定在此间定居。于是,张宝龄用分得的家财在葑门内百步街北首营建了爱巢。如今这幢见证历史的中西合璧的船形建筑还残留在小河边。1930年,苏、张因夫妻感情不合而分居。

一个成功女人的背后

——绣人沈寿

"一个成功的女人的背后"——接下去,能写些什么?

站着一个成功的男人,或者不止一个成功的,不那么成功,乃至不成功的男人;

如花似锦的前程,或者温馨甜美的生活,颠沛流离的长途人生,令人嗟叹的薄命红颜。

情节、精神的碎片,场景、动作的断片,冗长、精粹的语流,拼接、转嫁、连缀成俗套的却又让人不得不看下去的电视连续剧。

针神,绣圣,世界第一美术家,东方美术家,

你,沈云芝。

曲园老人品定的,众口一词论定的,意大利女皇赐予的,状元翰林公题赠的,哪一顶桂冠切合你?

苏州,阊门,海红坊;商宦人家,小院,闺阁前。

步下苔绿点染的台阶,顺着碎砖砌就的走道,绕过植被月季、牡丹的花坛,来到枝叶纷披的紫藤架下,架起绣绷,用纤手拈起了绣花针,你。

不是走线飞针,忙着向绣庄交货;也不是为哪家闺秀赶置嫁衣,不

是应对府台、知县交办的官差。

　　只是一股激情涌动,把与夫君昨夜切磋的画稿,用自己琢磨出的针法,化为绣品,赋以形,赋以色,赋以神,注进一个小女子贤淑的品格,柔顺而又刚毅的灵魂。

　　钱塘那边来的举子余觉,忍把换取功名的热望寄于针绣之中,在绣花草、鸾凤、鸳鸯,用作鞋面、衣裙、画屏的"闺阁绣"中,注入了名士潇洒,骚客浪漫,文人雅致,隐士逸兴。
　　并非在温柔乡里消磨男儿壮志,而是去寻找另一条猎取富贵的路。
　　盘算着:用妻子绣出的绝世珍品,博得女主青睐,岂不也能平步青云?
　　司马相如一篇《大人赋》,王维一曲《郁纶袍》,不都敲开了汉宫唐阙的大门?

　　甲辰年,圣母皇太后七十大寿,普天同庆。
　　督抚们,为进献寿礼,揣摩主上的癖好,费尽苦心。
　　去怎样炒作?走怎样程序?按怎样潜规则打点?举人余觉烂熟于心。
　　绣品,列入礼单,沈云芝的。
　　仪鸾殿,《八仙上寿图》绣屏,瑞云中簇拥而来的神仙群前,老佛爷怔住了,
　　她喜欢祥瑞、吉兆、奉承,赏识这巧似顾绣、胜似顾绣的贡品。
　　召见,赏宴,奖掖……
　　赐字改名,"云芝"——寿,"觉"——福。

　　浮世绘、东洋绣、西方油画、摄影。
　　出洋考察的日本行,
　　向你——
　　敞开了艺术新天地。
　　让你——

发现了聚焦和透视,窥见了光和影。

使你——

对接了东方和西方的艺术,用针作画笔,用丝线替代了油彩,用绢帛替代了亚麻布,用绣绷替代了画架。

造就出你——

东方的、女性的拉斐尔和米开朗基罗,

复活了,受难的神之子——人之子:耶稣,倦怠、哀怨的眼,荆冠上沁出的缕缕血丝。

绣品,寄寓着、观照着、折射着你自己,化身为你自己——意大利女皇、美利坚女优、受难的基督、夜宴的韩熙载、翎毛花草山水。

绣品,不难化为香车、宝马、华宅。在金钱的诱惑面前,余觉眩惑了:"脱手。"沈寿却道出:"不,留给我自己!"

你第一次在丈夫面前说"不"。

分手,决裂、人生陌途;

偶然、必然、命里注定;

悲剧,正剧,悲喜交集。

你背后,又站起另一个男人。

是他,用双手托起了你:东方美术的太阳;

是他,把礼聘曾称为"云芝"的绣娘从教,称作复兴中华文化的盛举,比作雄才大略的曹孟德,赎回沦落漠北的才女蔡文姬。

是他,发现你的价值,像是从尘埃中检出一颗珍珠。

是他,懂得怎样让你走向峰巅,成就至善至真至美的自己。

是他,用书写经天纬地文字的笔为你留存《雪宧绣谱》,成就了刺绣的《天工开物》。

是他,使你"美术绣"薪火相传,不至成为绝唱。

是他,净化了你的灵魂,超凡入圣。

南通,长江之滨,黄泥山麓。

墓门苔藓、墓道荒草,黄了又青,青了又黄。

墓碑题款,雍容端正:"美术家江苏吴县沈寿女士之墓"

是出自他——

以道德文章著称、实业救国名世的晚清状元、民国总长之手。

墓冢向着江之南,是眷顾曾经扶掖你、经营你的伴侣余觉。

墓冢坐落江之北,是厮守呵护你、让你找回自己、亦父亦师亦友的季直张謇。

原载《中国乡土文学》2016年第三期

沈寿(1874—1921),初名云芝,号雪宦,晚号雪宧,江苏吴县(今苏州)人,从小随父亲识字读书。十六七岁时成为苏州有名的刺绣能手。光绪三十年,其绣品作为慈禧七十大寿寿礼上贡,慈禧大加赞赏,亲笔书写了"福""寿"两字,分赠予余览、沈云芝夫妇,二人从此更名"沈寿""余福"。1911年,沈寿绣成《意大利皇后爱丽娜像》,作为国礼赠送意大利,轰动该国朝野。1914年,张謇在江苏南通创办女红传习所,沈寿应聘担任所长兼教习。著有《雪宧绣谱》。1921年6月18日,沈寿病殁于南通,终年48岁,葬于南通黄泥山。

散文诗的走向
——诗，抑或散文

散文诗是怎样的？或者说，散文诗应该怎样写？这是散文诗作者和研究者一直感到纠结的问题。

陈旧，但未引发争论的话题

早在二十世纪三十年代，如今被称为中国现代四大文学评论家之一的李长之先生，曾就鲁迅散文诗集《野草》提出过类似的问题。李先生承认《野草》是好作品，力作，但在文体认定上却与鲁迅大异其趣。他说："我不承认《野草》是散文诗集，自然散文是没有问题的，但乃是散文的杂感，而不是诗。"（《鲁迅批判》）李长之还说过："鲁迅先生是看见过付印之前的稿样的……曾经订正过其中的著作时日。"（《鲁迅批判·三版题记》）然而，鲁迅对这个说法并没有表示过异议。推测起来，或者是对年轻批评家的尊重与宽容，或者是因为鲁迅其时有更重要的事情要做，没有顾得上。不过鲁迅也没有改口，说《野草》并非散文诗。

鲁迅是位文体学家，明白什么样的题材该用怎样的方式来处置，该运用怎样的文体样式来表现。他同时期写作的小说、杂文、散文和散文诗,分别发表在不同的刊物上,日后按类编辑。《野草》中的文字,除了本不拟置入集中的打油诗《我的失恋》以外,均在题前标注为"野草之×",且都发表在鲁迅与同仁们合编的《语丝》上。鲁迅如此做法指向很明确:意图在文体写作上创新,亦即尝试用散文诗这种文体来宣泄自己在特定人生时期的个我感受。在《三闲集》中,他明白地道出:"但我的'彷徨'并不用许多时,因为那时还有一点读过尼采的'Zarathustra'的余波,从我这里只要能挤出——虽然不过是挤出——文章来,就挤了去罢,从我这里只要能做出一点'炸药'来,就拿去做了罢。"(《我和〈语丝〉的始终》)"Zarathustra"是尼采用散文诗体写的哲学著作,今译为《查拉图斯特拉如是说》。尼采这部著作以文学散文为主体,融合了诗歌、戏剧、演讲词——说教、箴言等文体,是以梦幻、暗示、象征、比喻、寓言、悖论、反讽、戏拟等手法构成的大制作,语言上也相当考究,称得上是诗语。可以说,鲁迅的《野草》,在思想内容、艺术形式和创作风格上,都是承袭了尼采,说是"Zarathustra"的余波,或是尼采式散文诗的中国再现,也未始不当。

　　作者鲁迅明明自称是散文诗的作品,批评家李长之却不承认是散文诗,原因何在? 从上面的叙述可以看出焦点所在,就是说散文诗应该是姓"诗"还是应该姓"散文";散文诗写作可不可有多种选择:或是走向散文,或是走向诗。

　　说到这里,不得不提起李长之先生对"诗"的理解,因为这是他持论的依据。他认为,"诗的性质是在主观的,情绪的,从自我出发的,纯粹的审美的,但是《野草》却不是如此,它还重在攻击愚妄者,重在礼赞战斗,讽刺的气息胜于抒情的气息,理智的色彩几等于情绪的色彩,它是不纯粹的,它不是审美的"(《鲁迅批判》)。李长之先生对于"诗"的理解,源于"纯诗"理论,所追求的是一种静穆的境界的营造,而"战斗""讽刺""理智"等等,是不在其列的。

　　李长之先生是我景仰的前辈,话起这场可以引发争端而没有发生争论的言论,不是清算历史的陈账,而是想说明对散文诗本质和走向的理解其分歧由来已久。

走向散文,抑或走向诗

散文诗是散文和诗嫁接而成的新的异质文类,它的遗传因子中必然兼具父本和母本的基因。这种嫁接将散文的沉稳、舒徐、纵收自如、工于刻画的特点和诗的凝练、灵动、含蓄、以象示人、言在意外的特点自然地结合起来。"越界引发创新",由嫁接而产生新文体,获得与其父本或母本均有差异的美学本质。诚如波特莱尔所说:"在那雄心勃勃的日子里,我们谁不曾梦想一种诗意散文的奇迹呢?没有节奏和韵律而有音乐性,相当灵活相当生动,足以适应灵魂的充满激情的运动、梦幻的起伏和意识的惊厥。"(《给阿尔塞纳·胡赛》)说得明白一点,散文诗,或者诗意散文,灵活、生动,作用于人们的知、情、意,作用于人的意识界与无意识界。

实现诗与散文不同文类的嫁接,从众多散文诗人的创作实践看,方式多种多样。要言之,有的作家是从散文走向诗,或者说以散文为主体;有的则是从诗走向散文,以诗为主体。但是不管哪一种走向,都是谋求诗的因子与散文因子的无间契合。就是说,这种结合应该是浑然一气、不着痕迹的,而不是不同文类的杂糅或拼接。阅读尼采的《查拉图斯特拉如是说》、纪德的《地粮》、彭燕郊的《混沌初开》,都会有这样的感受。

自二十世纪八十年代起,中国散文诗创作和研究进入了空前繁荣的时期,发表园地之多,作者之众,研究之深,受众之广,是中国散文诗百年以来仅见的,在当今世界散文诗坛上,恐怕也找不出一个国家可以与之匹敌。散文诗,从附庸蔚然成为大国,亦即成为一种独立文体,这是值得欣喜的,因为这有便于把握这种文体特质,有便于更加深入地进行研究。

文体的嬗变,新的文学样式的出现,在文学史上是常见的现象。就中国现代文学而言,由于文体的嫁接、萌生足以自树的新文体,除了散文诗以外,还有杂文、报告文学等。对于这两种文体构成方式,这里不想展开来谈,只想指出一点,就是这两类文字的作者和研究者,很少有从其父本——散文中出走,削弱散文因素的打算。

散文诗的创作指向,应该与上述两类边缘文体相似,不是削弱或干脆挤掉其中的散文因素,到诗歌殿堂那里去认祖归宗。没有必要将散文诗的发展趋向简单地归之于"诗化"。"诗化"并不意味着人们对散文诗本质特征把握得更为真切,而只不过是把本来广阔的道路人为地弄窄。

有论者把一些散文因素较强的散文诗说成是"散文小品",是"对生活直接的哲思和反思"的"格言和谚语",是"场景式的、偶感式的"速写或时评,是应该置于散文诗园地之外的,是要纠正的时弊,这种说法似乎未必得当。

从诗心、话语和文本组合入手去切脉

为了说清楚问题,下面打算从如何认识文体的美学性格和诗歌的特质、表现方法两个方面来探究。

文体的美学特征应该怎样理解?正确认识它对于散文诗文体特质的律定具有怎样的意义?

从传统意义上看,文体仅仅是文本样式、文体选择主观因素以及不同体式在表述上的不同功能,很少有人进行深入的研究。近年来,现代语言学和符号学却赋予其新的意义,认为文体就是作品的话语体式,文本的结构方式。就文本与文体的关系而言,文体是一种符号结构,而文本就是符号的编码方式。各种不同的文体,从表层看,都有属于自己的模型;从深层意义看,各种文体都有属于自己体式的美学规范。也有人从更高地方来审视,将文体律定为"将思想纳入语词的方式"(The manner of putting thoughts into words. 见 H. Shaw 主编《文学术语词典》),将客观存在的文体、文本与主观的能动的创作主体结合起来看待,置入了创作主体这个因素,即为文体是写作的一种特殊结构与表达模式。创作主体、文体和文本构成了铁三角,或者说是,自洽的稳定的系统。考察一部作品的文体特征时,不能只着眼于既成的文本,还要透过文字——按一定结构方式编码而成的文本,去寻绎作者的思想,作者思想的存在方式。当代学人汪卫东先生的一段话很有意思:"在我看来,历史参与的绝望凝成了鲁迅的'诗',面对这一丛《野草》,我们需要怎样的'诗心',才能真正与它对话?"汪卫东提出了从'诗心'叩求的角度去解读《野草》这部散文诗。他还认为"《野草》之为'诗',不是简单套用文体学上的概念,以散文诗等来界定《野草》,太偏重文体的界定及文学史的意义。"(《探询"诗心":〈野草〉整体研究》)诗心,一个尚未进入诗学研究视野的概念,姑为之解,就是作诗之心、诗人之心。宋代王令《庭草》诗:"独有诗心在,时时一自哦。"清代秋瑾《失题》诗:"诗心鲸背雪,归思马头云。"有了"诗心",才能有"诗思",才能将其纳入语词,以一定的编码方式形成文本,获得相应的文体特征。

怎样才不是简单地依据外形律来衡量某篇作品的文体是否为散文诗?除了对文本进行解读以外,更为重要的是探究作者的"诗心",就是看看作者在构思过程中怎样将素材提炼、改造制作,也就是怎样将其诗化的。且以《立论》为例作一番说明。该文是李长之先生看好的七篇作品之一,但它仍属于"重在攻击愚妄者"一类,是进入不了诗歌殿堂的。笔者拟从主观情思、文体界定和文本成形三个方面,对作品进行一番破解。

《立论》很短,只有两百多字,写自己于梦中"在小学校的讲堂上预备作文,向老师请教立论的方法",老师以一个小孩满月时被抱出来,亲友不同的说辞所得到主人的回报为例,说明了立论之难以及可选取万全之策。"说死的必然。说富贵的许谎。但说谎的得好报,说必然的遭打",可能选择只能是"啊呀!这孩子呵!你瞧!多么……,阿唷!哈哈!Hehe!he,hehehehe!"就是说,人生态度最好的选择就是打哈哈。和事佬、装糊涂,"此亦一是非,彼亦一是非",这个鲁迅在小说和杂文中常常批判的人生哲学,在这篇作品中,由一位饱经风霜的老师道出,是为孩子指点迷津,并不像杂文那样,以凌厉的抨击加以否定,而是意在象外,要读者自己去体会。人物形象,除了"老师从眼镜圈外斜射出眼光来",显示出老师作为长者居高临下的身份,都是空白。教师的老于世故和"我"作为孩子的天真稚拙,都是通过对话表现出来的。这样就把它散文诗的身份确立下来,与散文中的"速写"和"小品"相区别。它有诗质在,诗心在。它没有采取杂文式的逻辑论证,而是直指心源,要求读者介入,凭直觉即用诗性思维去感悟、领略。不妨再从文本跳出去,即从作者的主观情思出发,看看平凡的素材是怎样化成诗进行诗化的。据鲁迅的早期弟子荆有麟回忆,1924年暑期,鲁迅去陕西的西北大学讲学,同行的记者王小隐"见人面,总是先拱手,然后便是哈哈哈,无论你讲的是好或坏,美或丑,是或非,王君是绝不表示赞成或否定,总是哈哈大笑混过去。鲁迅先生当时说:'我想不到世界上竟有以哈哈论过生活的人。他的哈哈是赞成,又是否定。似不赞成,也似不否定。让同他讲话的人,如入无人之境。'"(《哈哈论的形成》)对"哈哈论",鲁迅在杂文《说胡须》中也提到过,且早于《立论》,那是以自己胡须样式之类小事,遭到种种指责、非议,弄得自己无法对答,只能用"连连点头,说道:'嗡,嗡,对啦。'"——以"哈哈论"来处置。鲁迅是用反讽的方式抨击国粹派,说明"庸众"是无法理喻的。但也只是用客观的描述来显现某种人生态度,并没有注入诗心。

　　一篇作品是散文、杂感,抑或散文诗,本无损于作品的品位和艺术价值,即使是"对生活直接的哲思和反思"的"格言和谚语","散文小品","场景式的、偶感式的"速写或时评,不能也不必归入散文诗范畴,但如果其成就很高,就会被人视为艺术珍品,反之亦然。不过将文体认定简单化、狭隘化,势必会妨碍读者阅读欣赏和作者的写作取向。

诗的特质与其在散文诗中的体现

　　诗的特质和表现方法是什么?在散文诗中是怎样体现的?这个问题之所以值得探讨,是因为有的持论者主张散文诗落脚点在诗,散文诗的创作指向在于更为贴近诗,在表现方法上更多地取径于诗。

　　诗,从中国古老的《尚书》上的"诗言志",《论语》上的"诗可以兴,可以观,可以群,可以怨",到波特莱尔的"一切艺术的本质永远是美的事物通过每一个人的感情、热情和梦想而取得的表现,"(《一八四五年的沙龙》),再到艾略特的"诗歌是生命意识的最高点,具有最伟大的生命力和对生命最敏锐的感觉"(《诗歌的作用》),尽管持论者的时代和国度不同,但对诗的理解有共同点:就是个我、情感、美、生命力。

对诗质的追求和把握,取决于诗人自我内心世界开掘的深广度,取决于其对自身、社会人群乃至人类终极命运的关注,取决于其对生命意义持久而执着的思考。

诗质的呈现,有赖于找到一个合适的载体,赋思以形,寓情于象,就是能有一个最为合适的文学样式来托身。媒介决定内容,《野草》中的《过客》,其命意,正如鲁迅自己在一封信中所说:"虽然明知前路是坟而偏要走,就是反抗绝望。因为我以为绝望而反抗者难,比因希望而战斗着,更勇猛,更悲壮。但这种反抗,每容易蹉跌在'爱'——感激也在内——里。所以那过客得了小女孩的一片破布的布施几乎不能前进了。"(《致赵其文》1925年4月11日)类似的话,鲁迅在一些杂文中也表述过,但是从来没有一处如同《过客》那样使人惊心动魄。寻求合适的形式以表达思想,是很难的。"据先生自己讲:《野草》中的《过客》一篇,在脑中酝酿了将近十年。但因找不出合适的表现形式,所以总是迁延着,结果虽然写出了,但先生对于那样的表现形式还没有感觉到十分满意。"(荆有麟:《鲁迅的生活和工作》)《过客》道出的既是鲁迅诗心的凝聚,过客的形象是他人生精神——斯巴达人的艰苦,苦行僧式的自虐、自苦,西西弗式的单调地重复着千年如一日无望的劳作——的形象写照,更是终结意义上人生思考的诗意表述。有谁能不是历史的过客?有谁能不逐渐走向死亡?只不过是路径不同而已。值得注意的是,作者将更为深沉的思想——对于爱的希求与畏惧,即是欲爱而又不能、不敢的矛盾——构成了一个张力场来设置,这出过客、女孩和老翁三人组合成几乎无情节可言的散文诗剧,是可找到的寄寓思想最好的载体。

诗质在散文诗中呈现的方式是什么呢?有人认为是从结构到语言上的诗化,将散文因素压缩到最低值,有人认为散文诗艺术上的最高追求,是将西方现代主义的意象打造和中国传统诗学的意境统一起来。姑且不问这种说法在学理上能不能站住脚,可以肯定的是用这种方法律定诗歌创作的路数,也会把诗歌创作的道路弄得越来越窄。唐代诗论家司空图提出二十四诗品,说明了不同的诗美要有不同的诗法去经营打造,意境美不能视为诗歌创作的唯一追求,也不能说成是散文诗创作的必由之路。

多年前,听金启华师说唐诗:"陈子昂的《登幽州台歌》:'前不见古人,后不见来者!念天地之悠悠,独怆然而涕下!'没有形象的刻画,语言也是散文化的,全是直说,但不失为初唐第一等的好诗。"意象经营、意境追求是诗歌创作的途径之一,但不是它的全部,而且这种方法在散文和小说中也可以应用。还要说一句,意象创作是西方现代主义诗人竭力鼓吹的,特别是庞德的意象主义派,但它源于中国的古典诗学。庞德提出意象主义是受中国古典诗歌的启示而萌生的。所谓"现代主义"意象创造说,不过是出口转内销而已。

散文诗类型林林总总,风格仪态万千,诗论家们不要把它简单地纯化。从散文诗史看,波特莱尔既有近于诗的散文诗,也有近于散文的散文诗,他的《拉芬法罗》(〈La Fanfaro〉),就是一部散文诗体的中篇小说;另一位法国诗人洛特雷阿蒙的《马尔多罗之歌》(〈Chants de Maldoror〉),就是长篇的叙事和散文色彩很浓的长篇散文诗。

所以,散文诗的道路应该越走越宽阔,散文诗的创作园地呈现出的景象应该是:千峰竞秀,万壑争流。

后　记

　　明代文人陈继儒的《太平清话》，将"校书"和"焚香""试茶""洗砚"等众多雅事放在一起，认为是"一人独享之乐"，但我在校读《揉碎江南烟雨》时，品尝到的却是一种苦涩，一种不满足。大概陈先生所"校"的是他人之书，在校读中，因有自己的发现而感到欣慰，而我"校"的是自己的书，又一次觉得"暨乎篇成，半折心始"，笔下书就的，远不如先前构想的那样完美，应得上刘勰所言"意翻空而易奇，言征实而难巧"。文学创作是一种"遗憾"的艺术，成书前的校对，不过是文字厘订、增删、调整而已，无关大局。作品既然写成，就是独立的存在，只能交付公众去评判了。

　　《揉碎江南烟水》，收入笔者自一九八二年以来写作的叙事散文诗，前后历时三年。诗，非成于一时，说不上一气呵成，然而断断续续地写、发表，得到更多的信息反馈，也多了些思考、自省的机会，成卷时拼接、连贯，以期成为全幅，也抛了不少心力。

　　"枕上片时春梦中，行尽江南数千里。"以有限的篇幅，不那么多的人物行状，折射出江南广袤大地自"元史无文"到"通脱透明"、自开辟鸿蒙到向现代化艰难转型的历史。也许这是个奢望，但它是建立在个我对于散文诗文体本质特征的认识和把握之上的。

　　自二十世纪八十年代改革开放起，随着文艺复苏，散文诗创作进入了空前繁荣的局面,但同时也出现了一些问题:诸如诗作内容单一,"恒患风云气少,儿女情多",大多为逝水流年的嗟叹,都市男女感情世界的波澜。表现方法雷同;语言平白,缺少更多的包蕴。散文诗园囿中,缺少大诗、长诗。这些固然是流风所被,不能苛求于作者,然未始不与诗学理论上缺失、偏颇有关。散文诗小品说、小摆设说、文体美学性格决定说,弥散一时。这些理论,无非是说散文诗是文学园地中的小花、小草,骨子里头的是阴柔之美,起着的是愉悦公众、抚慰心灵的作用,散文诗应该是短章什篇,容纳不了大题材、表现不了大思想。就这类问题,笔者进行过理论思辨,朋友们可以看看本书附文《散文诗走向》。从这个意义上说,这本《揉碎江南烟水》,是为自己散文诗诗学理论的佐证,意在说明散文诗还可以这样写(不是应该)。

《揉碎江南烟水》是"历史的重释",是一种价值重估。人们常常重复着意大利美学家、历史学家克罗齐的名言:"一切历史都是当代史。"其实不少译者和引用者都漏掉一个关键词,就是在"历史"的前面的"真"字。原话应是"一切真历史都是当代史"。"重释"就是求真,就是"从现在最高力量的出发"去"解释过去",亦即从尘封的史料中理出线索,重构历史现场,切入历史人物的心田,进行一场心灵对话,亦即从对人类生命的奥秘和个体存在价值的关注的角度去打量。

《揉碎江南烟雨》的写作,得到不少朋友的关注和帮助。写作之初,柳袁照先生对作品和全书的构想提出了很好的意见。唐岚老师将我最早的诗作介绍给学生,并反映他们想见到全璧的愿望。书稿完成后,得到老友尤志心先生和俞润生教授的长文赐教。文学评论家陆嘉明先生在眼疾严重的困扰中仍写了长信,从诗学高度对本书提出评论。以上种种,使我感到友情的温暖,谢悃难表。

《揉碎江南烟雨》中有部分作品曾被《散文诗世界》《文汇雅聚》《大沽河》《苏州日报》《香港散文诗》《橄榄叶》诗报(中国香港)和《常青藤》诗刊(美国)选用,并植入《中国散文诗人作品选》

《中国散文诗年选》《中国乡土文学》前后五期连载全诗,对以上报刊的编辑朋友的盛情,谨致谢意。

《揉碎江南烟雨》,承学者、散文诗理论家王志清教授赐序。序中过誉之辞,愧不敢当,针砭之切,至为铭感。

为本书的完善和出版,责编刘海女士,从策划到文字厘订、版式设计,直至美工设计,耗费了不少心力,体现了出版人正直、敬业、勤勉的人格精神,对此谨表敬意。

秦兆基
二〇一七年一月八日